不负热爱

活出发光的自己

黄澜 —— 著

浙江文艺出版社
Zhejiang Literature & Art Publishing House

图书在版编目(CIP)数据

不负热爱：活出发光的自己 / 黄澜著. —杭州：浙江文艺出版社，2022.6
ISBN 978-7-5339-6841-0

Ⅰ.①不… Ⅱ.①黄… Ⅲ.①散文集—中国—当代 Ⅳ.①I267

中国版本图书馆CIP数据核字（2022）第052851号

策划统筹	邱建国
责任编辑	张　可
营销编辑	俞姝辰　周　鑫
装帧设计	象上品牌·设计
封面摄影	尹　超
化　　妆	Seven Wu
责任印制	张丽敏

不负热爱：活出发光的自己
黄澜 著

出版	浙江文艺出版社
地址	杭州市体育场路347号
邮编	310006
电话	0571-85176953（总编办）
	0571-85152727（市场部）
制版	浙江新华图文制作有限公司
印刷	浙江超能印业有限公司
开本	880毫米×1230毫米　1/32
字数	177千字
印张	7.125
插页	3
版次	2022年6月第1版
印次	2022年6月第1次印刷
书号	ISBN 978-7-5339-6841-0
定价	59.00元

版权所有　侵权必究
（如有印装质量问题，影响阅读，请与市场部联系调换）

序言

我是独特的存在

我是谁？我从哪里来？我去往何处？

对这三个终极问题的回答，形成了我们的人生观，几乎是我们说每一句话、做每一件事的底层逻辑。

如果人终究会死亡，那我们为什么要活着？

过去几十年里，我一直在探寻：我是谁？我的人生价值何在？

《辣妈正传》探讨如何初为人母，《虎妈猫爸》聚焦家庭教育，《我的前半生》反思婚姻的意义，《如懿传》书写个体与时代的悲歌……

在制作人的职业生涯中，我体会到了丰富的社会价值感。在《非诚勿扰》的点评嘉宾经历中，我观察了人性，提炼了表达，也得到了很多观众的喜爱。

在工作过程中，我内心深处常常会迸发出超然的喜悦：讲一段戏，讲到眉飞色舞；分析一个人物，说到情难自禁。

我投入工作中,甚至觉得那不是工作,而是我人生的享受。

这些凝神的时刻、忘我的时刻、发光的时刻,充盈了我的心灵,帮助我抵御了很多世事无常的风寒,也收获了很多美好的爱。

于是我在想,是不是每一个人来到这个世界上,都应该去寻找这些时刻。在须臾中,你不会再去质疑,我是谁,我从哪里来,又去往何处。那一刻,你的内心被温暖笼罩,你充分地信任自己,并深深知道,你是宇宙中独特的不可替代也无法磨灭的光。

我想,我找到了我的天赋,并创造了属于自己的价值。

而这个寻找的过程是如何发生的,我陷入了回忆……今年春节的时候,我从童年开始写,写漫长的求学,写曲折的工作。那些遭遇过的挫折、感受过的迷惘,扑面而来,呼啸而来,我的笔停不下来了,越写越多。

自由写作的过程,让我似乎又陪着"黄澜"活了一遍。

写了两万多字,折回头再阅读一遍,我看到了我自己,曾经活得多么沉重,从很小的时候开始,就把责任扛在肩上,努力讨好周围的人;也经历了很多压抑和委屈,学会了掩饰和伪装。

从如履薄冰,到大步流星,我从未停止过寻找自己的脚步。

　　感恩生命里善良温暖的人,他们在黑夜里点亮了我的眼睛,给了我爱的感受。

　　感恩我自己,始终勇敢面对,最终找到了自己的热爱。

　　生命不是向着死亡走去的过程,而是迎着爱的光芒融化的过程。

　　来吧,阅读我吧。

　　我是独特的存在。

黄澜

2022年3月25日

contents 目录

001　序篇
　　找到我自己　003

053　第一章
　　我做我自己，不欠任何人

　　我们怎么走到了《我的前半生》　055
　　《如懿传》：我听这首歌还是会流泪　060
　　女强人不用说对不起　064
　　你整容了吗？　068
　　对让自己快乐的决定负责，我累但是我愿意　074

c o n t e n t s

079 第二章
我的独立,从澄清了婚姻的误会开始

我和婚姻有个误会 081
男人出轨回家,你还开门吗? 085
我们为什么要把婚姻过油腻了 090
人到中年,凭什么谈恋爱? 094
学霸和学渣的艰难爱情 099
霸道总裁还是小奶狗,女人怎么选 104
愿我们相爱多年还能滔滔不绝 108

111 第三章
我们是亲密关系里的陌生人

爱是不安的小朋友 113
学会拒绝有多难 116
我不喜欢被控制 120

contents

老爸老妈,请你们夸夸我 124
考试只是一时的考验,学习才是一生的事业 130
亲密关系里的"关系剧本",你属于哪一种 135
拓宽自己的过程,是宽容的力量 140

145 **第四章**
我要过我想要的生活

建新笔店,把画笔建在了我们心里 147
莫斯科依旧不相信眼泪 153
人生过半,喜乐中年 158
在四十不惑的年纪,既不勉强自己,也不控制他人 163
断舍离:我找到了我要的贤惠 166
女人应该先爱这个世界,再去创造一个生命 171
老而孤独,你惧怕吗? 176
女人,长命好过致命 179

contents

这是我要的生活　184

**189　第五章
我不念过去,更不畏将来**

愿我们女人,至死都是少年　191
不伪装的坚强　194
2020年柔软的愿望　197
我们焦虑的仅仅是丧失健康吗?　201
在历史中走一走　205
用伟大的爱去做些小事　208
这个时代最稀缺的底气,叫"稳"　213

序篇

> 找到

我

自己

一

找到我自己

在我有记忆的时候,我跟着母亲在浙江湖州三天门丝厂生活。工厂里的人是来自浙江各地的知识青年。

风风火火的妈妈是工厂的教育科科长,她总是非常忙碌,白天送我去工厂的托儿班,放学以后就拜托工友阿凤阿姨来接我。阿凤阿姨在食堂工作,她接了我以后,把我顺进食堂后厨,我去捞馒头上的甜甜的好看的"红瓜绿瓜丝"吃,这是我每天最盼望的欢乐时刻。

工厂外面的世界,牢牢吸引着我。休息日的时候,大人们会组织我们几个小孩一起骑着小三轮车冲向外边的田野,一直骑到有火车车轨的地方,然后他们会说,坐火车就可以去我们的家乡——杭州。

映山红开放的时候,我们会去爬山,这对我来说,像是一个更大的节日:一群人有男有女,有老有少,浩浩荡荡地走向远方的山,红彤彤的花开满山坡。"映——山——红",我听到了一种有别于工厂生活的浪漫诗意。

采桑果，抓蚂蚱，把绿秆折成一节节带丝的"手链"挂在手腕上；吹蒲公英，看蚂蚁，拔一根草伸到大人耳朵里去挠痒痒。

爸爸定期会从湖州城里来看我们。他总能带来文明社会的气息，比如送给我拼插玩具、五颜六色的画笔。有一年，他写的电影在工厂露天展映。工厂的夜晚沸腾了，广场上人潮汹涌，阿凤阿姨抱着我挤来挤去，而我妈妈则忙进忙出，骄傲得好似女主角。

带有光环的爸爸，某一天坐着一辆高级汽车来工厂，汽车缓缓驶入，仿佛外星人把飞碟停在了麦田中。爸爸让我也爬进去感受一下，我觉得汽车里面真宽阔啊。但很快，他们就要走了，看着汽车带着爸爸即将远去，我心里很不舍，突然觉得应该做些什么。也许是想到了某部动画片或者电视剧里的情节，于是我追着汽车跑起来，声嘶力竭地喊着"爸爸、爸爸"，仿佛生离死别。

在后来的人生中，我对离别这件事情，处理起来一直都是那么撕心裂肺。

记得托儿所一个漫长无聊的午后，老师们或是因为前一天看了香港武侠剧，突发奇想让我们刚睡醒午觉的小朋友们排好队，按顺序一对一比武。我听说了举办"武林大会"的消息，简直惊呆了。我是一个长得黑瘦的"豆芽菜"，从来没有打过架，而按照顺序排在对面第三个的就是我的对手。天哪！那个小男孩正是我们托儿所里老师最宠爱又最蛮横的小胖墩，他高出我整整一圈，要跟他对打，我不死定了吗？

我吓得瑟瑟发抖。很快前面两组小朋友就开始不咸不淡地撕扯起来，老师们还发出嘿嘿嘿的笑声。我心里越来越紧张。小胖子一脸不屑地坐在对面，嘴巴里好像还在吧唧一块糖。我忽然想起一个场景——小人书里看到过的"武松打虎"——武松戴着个帽子，骑在大老虎的脖子上,用拳头使劲捶虎头。我可以试试用这招?

那时我大概三岁,但对这一刻的决定印象颇为深刻:俺要拼了!

老师宣布打斗开始!我猛地冲过去把小胖子撞倒,然后迅速地坐在他脖子上,攥紧拳头打他的头,一下、两下,他哇地哭了。

天哪!这么简单就成功啦!"武松打虎"好有用啊!这时老师大吼起来,狠狠地把我拽下来,对着我劈头盖脸地咆哮,我完全蒙了。

余光看到小胖子还趴在地上哭,嘴里的糖顺着口水滑了出来。

老师把我拖到房间角落,让我面对一扇木头门站着,面壁思过。可我不理解啊,我不是赢了"武林大会"吗?为什么我要受罚?我做错了什么?

我觉得好委屈啊,一直哭啊哭……

很多年以后,我跟教育专家说起这件事情,我说是老师让我们对打的,明明我赢了,为什么却要受惩罚?我特别讨厌不公平,也讨厌那些"宠儿"。在以后的人生里,我总是有一种想去跟受宠男孩较劲的冲动,这是不是对重男轻女思想的一种反叛?教育专家孙老师说:"你啊,反而要感谢工厂托儿所的老师,她们虽然没有教育水平,但是她们有一种野蛮的强势,比如,她们让你们对打的时候,并没有按性别分组,她们觉得男女是可以在一起打的。你打的这一下,打出了女人的力量感,你就没有怕过男人,是不是?如果老师从小教育你,女人一定要服从男人,也许你就学会了压抑。"

孙老师的话,很好地抚平了我的委屈。

我没有办法选择我出生的时代,但我愿意成为一个有能力、有智慧的人,来面对所有的困难,而不再幻想成为一个在公平社会制度下获得充分保护的女人。

我从小就很喜欢看书、画画,阿凤阿姨喜欢听越剧,我就在纸上画那些古装的"才子佳人",佳人着粉色,才子淡天蓝。

爸爸鼓励我把"才子佳人"的画编成一部小人书:佳人长得很美,她有一个丫鬟,后来在花园里遇到了才子,两人相爱,但是佳人父母不同意,他们就逃了出去,后又回到家乡,故事结尾是面目含羞、拉着绣球的——"成亲"。

到了上小学的年龄,知青父母调到嘉兴文化局工作,但执意把我送到杭州奶奶家居住,因为奶奶家的划片小学,叫杭师附小,坐落在儿童公园对面,口碑很好。

我很不乐意离开父母,但是又没有办法。到奶奶家的第一晚,我哭得不屈不挠,直到他们深夜坐公交车把我送到已经搬回杭州的阿凤阿姨家。

第二天,我又回到了爷爷奶奶家。我必须接受这样的安排。爸妈告诉我,总有一天杭州市市长会批准他们调到杭州工作,那时就可以跟我一起生活。于是,我每天都在心里祈祷:杭州市市长啊,你快快把我的爸爸妈妈还给我吧。

爷爷有一个儿子三个女儿,他虽然遗憾独子唯一的孩子不是男孩,但对我也很负责。奶奶照顾我的生活,三个漂亮的姑姑也会来给我送温暖。那时奶奶还没有退休,正在另外一所小学教语文一年级。我每天晚上会帮她批改同样是一年级学生的语文作业,然后跟她一起看电视剧。

那时的电视机换频道还是按钮式的,天线挂在楼顶,也经常信号不好,但这依然无法阻挡我们对每天两集港台电视剧的热情。

如果那天我还没有写完作业,但是奶奶已经开始在客厅里看电视剧了,我的耳朵就会腾地竖起来,一边飞速地写作业,一边听剧情脑补画面。如果赶得上广告后写完作业,我还可以悄悄地偎在奶奶身边看一集电视剧,这是我每天最幸福的时刻。

琼瑶的电视剧让我知道原来爱情是这样要死要活的。香港电视剧又让我羡慕人家的客厅怎么那么好看,西服洋裙太时髦了!好听的片头曲、片尾曲,抄下歌词跟同学们在放学路上一起唱。

有时,不同的频道要同时开播两部电视剧,我们追哪一部好呢?

奶奶很难抉择。

她就会让我拿出电视报,念剧情梗概给她听,她来选一部更喜欢的。我拿起报纸,把书面语言念成通俗易懂的杭州话,让奶奶乐于接受。

当然,我会把那一部我自己更想看的电视剧故事梗概念得抑扬顿挫、生动精彩,把不喜欢看的那部念得平淡无奇、索然无味。

很多年以后,当我自己开始做电视剧时,我会牢牢记住:任何剧情都要一句话说出来,能让观众觉得有意思。电视剧取名字,不要超过五个字,太长了奶奶记不住,而且片名要用杭州话念出来,简明扼要不尴尬,这才符合大众传播的需要。

爸妈虽然跟我不在一起生活,但隔一周会来杭州看我一次。妈妈来,主要是看看我,洗洗衣服;爸爸来,都会检查我是否每天坚持写日记。

他说:"写日记可以锻炼写作能力,你上小学了,就要每天写日记,一天都不能落下,遇到不会写的字,可以写拼音。"

我听了他的话,开始记录每天的生活,写到最后一句都是:"今天我很高兴。"因为这样写,大人看到高兴,小孩也就平安。

这样一天不落地写了几年,其实有点心烦。如果爸爸这周六来,我就在周五晚上,把前五天的日记,编出不同的内容填补上。

大约五年级的某天,爸爸偏偏周五就到杭州来了。我一进奶奶家门,就感觉大事不好。只见爸爸一脸黑线,坐在写字台前,看到我进门,就把日记本从左边第一个抽屉里摔出来,质问我为什么好几天不写日记。

我吓了一跳,心里很不爽,但也知道自己理屈词穷,所以嘴巴里嘟嘟囔囔,没有说出整句话。

"啪",我爸一巴掌打在我脸上。脸上火辣辣地疼。

我被打蒙了,心里飘过的港台电视剧台词是:他真敢对亲生女儿下毒手呀!

爸爸恶狠狠地说:"你不写日记,还敢顶嘴!"

这个耳光是我有生以来挨的第一个耳光,就目前来看,也是最后一个。

我感觉到莫大的屈辱。

不想写日记,却必须写,漏写还要挨打。这是作家培养女儿的方式吗?

写学校的作文也不轻松,爸爸总是要我多想几个结尾:"要想出与众不同的。情理之中,意料之外!"我改改再小心翼翼地递上去,他皱皱眉头:"这个太普通了,再想一种有趣的!"

我总觉得写作应该是一件随心所欲的事情,而在我爸这里,真的是一种折磨啊。

我很想把吐槽他的话,写在日记里,但又怕他检查时看到,只能在心里默默地嘀咕。

在他的辅导下,我的作文和诗歌都曾在报纸上发表过,赚过五块、十块的稿费,也得过一些奖项。在语文课上,"请黄澜同学上来读作文"是一个常规动作。

这样严格的文字训练方式,让我至少不畏惧写文章这件事。

每天用文字记录生活,日记我一直写到去俄罗斯留学以后,写完《俄罗斯留学日记》,我再也不想写了。

但一路上,学校活动的发言稿、公司领导的讲话,以及后续的微博、采访、杂志专栏,我写了很多很多。

良好的写作能力不仅在学习上、工作上对我有很多帮助,写作也是我纾解情绪的一种方法。

然而,对于爸爸培养我写作能力的方法,我总是持保留态度。爸爸当上外公以后,总想方设法要培养我的两个小孩写日记,却被我哼哼唧唧敷衍过去,因为那个耳光的痛,一直印在我的记忆里。

我的语文成绩一直都是第一名,数学一般只能拿第二。

老师说,女孩子小时候成绩好,是因为她们语文比较好,数学马马虎虎。长大以后就不一定了,因为后面数学越来越难,女孩子跟不上了,聪明的男孩子就会超过女孩子,拉开距离。总之,数学好的同学才是真的聪明。

我很惶恐,生怕长大就变笨了,所以下定决心一定要好好学数学。六年级的时候,我连画画、书法都不想学了,报了一个班去学计算机"logo语言",训练自己的逻辑思维,还报名参加华罗庚金杯少年数学邀请赛。

我内心深处一直有一种"你不如男孩子"的恐惧,也担心自己一旦犯错,一旦"不高兴",一旦"不乖",就会永远失去家人和老师的喜爱。

爸爸虽然才华横溢、事业成功，但他有一个致命的弱点，就是胆子小。十岁的时候，我想学骑自行车，爸爸就坚决不同意，他觉得小孩子一旦学会骑车，自己上路就会有危险。好在我有个热情大胆的妈妈，她喜欢打羽毛球、游泳、跳舞。她瞒着我爸，在暑假的时候，偷偷教我骑自行车。傍晚时分，她带我去嘉兴文化局的院子里，让我跨上自行车，她在旁边扶着车凳，帮我平衡。

骑着骑着，我找到了"平步青云"的感觉，心里很是得意。往右一瞥，咦？在路灯的照耀下——地上的影子里——我妈的手根本没有拽住车凳！她的手悄悄放开了！

我心里一慌，就摔倒在地上。我说："妈，你骗我！"她嘿嘿地笑。

很快我就学会了骑车。

妈妈说："走！我们两人骑车从嘉兴去濮院，去那里的朋友家玩！"

真是太刺激了！我刚学会骑车，就能远游。

烈日炎炎之下，我们背着水和零食上路了。沿着公路，似乎骑了整整一小时，身上晒出了一层油。筋疲力尽的时候，我们到达了目的地。妈妈高兴地呼唤她的朋友。我体会到了掌握新技能就能开启新人生的美妙。

小学高年级以后，骨瘦如柴的我，慢慢变成了跑步健将。校运动会上，参加短跑、跳远和接力跑，我还能得名次，也学会了跟男生们一起抢占水泥台子，竖拍打乒乓。

初中时，爸爸妈妈终于调回杭州，我们三个人团聚了。

我离开奶奶家的学区，进入久负盛名的学军中学上初中。

因为有小学当中队长的经历，我被老师选中当班长。但是班里的同学一半来自名校学军小学，一半来自文三街小学，他们彼此相见都非常熟悉。只有我是从外学区过来的,人生地不熟。让怯生生的我当班长,管理那么多熟络的同学,我有点不自信。

雪上加霜的是,学军小学毕业的同学,竟然小学就学英语,而我连字母都不认识。学习成绩再没有说服力,我怎么配当班长呢?

我的心被一种从小地方来的自卑感笼罩了,就像当年从嘉兴到杭州,城里的姑姑会说我是乡下人进城,怎么看都有点土。

周日的时候回一趟奶奶家,我钻到杭师附小的蔷薇花墙前,默默地哭:我好想念我的小学老师和同学啊。

不过,无论如何,我还是实现了从小的心愿,跟父母住在了一起。妈妈会把我喜欢的排骨端到我的面前让我尽情吃。而在奶奶家,最好的荤菜都是放在爷爷跟前,由他分配给我和表弟吃。看着鼻子前堆起的大骨头,我感觉到了被宠爱的幸福。

学习成绩一向都是数一数二的我,到新的中学绝对不能被落下,更要拼搏了!

努力学习英语吧!

我全身心投入,学字母、练发音、背单词,连走路的时候,也是一步一个单词。

两个月以后,英语成绩优秀,我当上了班里的英语课代表。

我发现,似乎我是有点语言天赋的,学语文和外语都不费劲,只有数学,我需要下点功夫。

数学老师说:"无穷大,就是没有限制,不能达到的意思,比如我们的宇宙就是无穷大的。"

这句话重创了我。

我回到家里,躺在床上想:我们生活在偌大的地球上,可地球只是宇宙中一个小小的星球,宇宙里有银河,有太阳系,有无数我们不知道的秘密,说不定某个星球上还生活着外星人……最可怕的是,宇宙无限大!它没有尽头,就永远存在未知!

想着想着,我哭了起来。

看来,宇宙的终极奥义,人类是永远都找不到了。我感到很绝望。

作为一个渺小的人,我太无力了。

在这无穷大的宇宙中,我存在的意义究竟是什么呢?

我问爸爸:"人为什么要活着呀?"爸爸说:"这个问题有很多答案,比如余华在他的小说《活着》里写,人就是为了活着本身而活着。"

他的回答并不令我信服。我总觉得应该有"一听上去就会心灵震动"的说法。

于是,我开始求助各种书籍,那时流行的席慕蓉、三毛、张爱玲,我都看,爸爸给我一套"世界名著精选",这套书真正开启了我的心灵新世界。

《红与黑》《巴黎圣母院》《少年维特之烦恼》《名利场》《雾都孤儿》《约翰·克利斯朵夫》《欧也妮·葛朗台》《包法利夫人》《复活》……

我沉浸在不同时代不同国家不同文化不同人生的体验中,深深迷醉。

而奠定基础价值观的,我觉得还是一系列英国女性作家的作品《简·爱》《呼啸山庄》《傲慢与偏见》《情感与理智》等,她们在故事中一直倡导:追求独立平等,实现自我价值。

我开始憧憬我的未来,渴望我也可以成为一个人格独立、自由表达思想的人。

初中三年,我都是班长。担任管理工作,对锻炼工作能力和培养责任心都很有帮助,但是同时,如何和同学们相处的问题,给我带来了很多烦恼。比如,我很害怕投票选举这样的事情。

小学时,老师用的是举手投票的方式。她会把几个候选人的名字写在黑板上,然后念"黄澜",支持我的同学就举起手来,老师庄严地一个个数:"一、二、三……"我就会很紧张地看着一只只举起的小手,然后更紧张地看那几只没有举起的小手。

"在这个世界上,总有人喜欢你,总有人不喜欢你,你没有办法得到所有人的喜欢,因此你只需要做你自己。"很多年以后,我看到这样的文字,心里感动得一塌糊涂。

但是在我成长的经历中,并没有人跟我这样说。

他们会说:"这次你票高,当选了,但你不要骄傲,还有几个同学没有选你,你要做好这几个同学的团结工作。"

他们会说:"大家都认可,才说明你优秀。"

于是,我就要有意拉拢那些不选我的同学。

这对我来说是一种情绪上的重压。

到了中学,老师用的方法就是不记名投票了。同学们把心目中的班干部写在纸条上,交上去,然后有负责唱票的同学,在黑板上候选人的名字底下画"正"字。得一票,画一杠。

于是你就会听到这样的声音:"黄澜一票""王磊一票""倪庆杭一票"……

我们几个候选人就坐在班里,每个人心里都在打鼓。不知道这次谁是更有威信、更被喜爱的那一个。

虽然我每每高票当选班长,但是这样竞选的过程,都让我内心颤抖。

必须讨好老师,必须讨好同学。

当两者不能兼得的时候,我就得做出选择。

这样的冲突,出现过很多次。我记得有一次班主任修理副班长——一个个性活泼的东北男孩。记得当时班主任说了很多刺激他的话,我听着都觉得很难受,想必有个性的他肯定是怒不可遏了。副班长坐在我后排,虽然我是班长,但我吓得完全不敢回头看他的表情。

终于我听到身后一阵巨响,同学们发出惊呼,副班长用手砸了课桌,然后从后门愤怒地跑出了教室,听说他一手鲜血。

我心里很害怕,也很惭愧,在这样的冲突中,我作为班干部,根本毫无作为。我心理上同情副班长,但又不敢反抗老师。

多年后,副班长来北京找我,寻求事业上的支持,我没有片刻的犹豫,就决定帮助他,想为我曾经缺席的正义感,做出补偿。

另外一件让我很痛苦的事情,好像发生在初二。我的同桌学习成绩一般,但人很搞笑,我们相处愉快。但是上自习课的时候,老师让我去讲台前坐着,监督同学,保持安静的课堂纪律:"谁纪律不好,你就把他的名字记下来!"

我拿着我的作业本坐到了讲台前。

可老师一离开,大家就忍不住纷纷说起话来。

我用凶狠的眼光盯着左边的角落,那几个同学安静了一会儿,这时右边的角落又开始响起窸窸窣窣的低语。我就会说:"请右边角落的同学安静一些。"

有一个游戏叫作"打地鼠",就是举着一个锤子巡视,哪个洞里的地鼠钻出头来了,就要及时去锤打它。

我那时就是一个焦虑的女干部,抡着锤子在班里来回敲打同学。

终于班主任气鼓鼓地回来了,她说外班老师路过我们班,在走廊里听到了很大的噪声,大家肯定没有好好自习,在那里乱说话。

没能管理好班级秩序,我有点惭愧,低下了头。

"黄澜,你刚才把说话的同学名单记下来了吗?"班主任突然看向我。我感觉到很慌乱。"你说,刚才是谁在那里说话?你必须告诉我!"班主任的目光非常严厉。

我犹豫了半天,说出了我同桌的名字。他的确话很多。

他可能没想到,我会供出他来,他很生气地瞪着我。

"声音那么大,不可能只有一个人破坏纪律,你说还有谁?"班主任继续逼问我。

我感觉到很绝望,我心想,要是再说出其他同学,大家都得遭殃。

"就只有他,因为他跟前排说说,跟后排说说,噪声就多了。"我锁死了口风。

班主任说:"好!谁在外班老师面前给班级抹黑,下课就到我办公室来!"

我的同桌怒而不语。

我都忘记自己是如何走下讲台,坐到他旁边的。很长时间里,他都不理睬我。我的心情很压抑。

直到去年,我在杭州拍戏,趁着同学会的时候,我问这个受委屈的同桌:"你当年是不是特别记恨我?"他说他怎么不记得有这么一件事情呢。

"你初中毕业时写的同学录,我还保存着呢。"他发给我看同学录的照片。

我的心稍稍有些宽慰。

而班长这个角色,从小学到中学到大学,我做了十几年。

初中时,我进入学校的学生会,担任宣传部副部长,高中时又当选学生会副主席。

我感恩遇到了很多好老师,他们信任我,给我机会锻炼能力。只是跟同学如何相处这件事,始终让我有压力。

我很想跟大家一起玩,去同学家看周星驰电影的录像带,一起打牌,开玩笑,游西湖;可到了学校,又要管理纪律,分配值日任务,帮助后进的同学提升成绩,以及给老师"打小报告"。

天天练习平衡之道,让我看起来比同龄人要成熟得多。

是的,从学生时代起,我就几乎没有撒过娇,没有耍过赖,没有发过脾气,没有说过脏话。

我努力管理情绪,保持一个认真、冷静、负责的好班长形象。

直到有一次,记得大约是初三,班主任让我们交作业,发现有几个同学历史作业没有写,而作为班长的我,竟也在其列。为什么从来循规蹈矩的我会漏写作业,我已经忘记了。其中有个男生一向调皮,他跟班主任顶了几句,班主任更加恼怒,责令我们几个放学后都留下来。

放学铃响,同学们都回家了,我们几个人留在教室里等班主任训话。她不知怎的,越说越生气,让我们把没有按时完成的历史作业抄一百遍。

我听到这样的指令,顿时傻了,机械抄题一百遍?

没写作业,我愿意受罚,比如多写几张卷子,相互背背书,记忆知识点,打扫卫生,操场跑圈,我都是能够接受的。

可是傻乎乎抄题,还一百遍,这是什么操作?我不理解。

班主任说,"你们不写完,今天别回家",然后气鼓鼓地走了。

大家把目光投向我,看班长如何作为。

我深吸一口气坐下来,打开作业本,抄了一句,就停了笔。

我真的不能接受!

我呼地站起来,强装镇定地跟这几个同学说,我不想抄题了,我先回去了,然后背着书包离开了学校。

一路骑着自行车回家,心里愤慨异常,眼泪在风中飞舞。

回家我跟妈妈说,今天发生了一件不愉快的事情,班主任惩罚我们抄题一百遍,我不想抄,就擅自回来了。

同时我又开始担心,对抗班主任是不是大逆不道,作为班长我没有带好头,我走了,其他同学肯定也会回家,明天班主任会不会更加生气。那明天我还要不要去上学?

妈妈听完我的叙述,非常生气:"老师这是体罚学生!明早我去找你们班主任!"

妈妈是在街上遇到小偷,会骑着自行车猛追对方三条街的侠女。她这番话,让我感到无比的安慰和满满的安全感。妈妈会保护我的!

第二天一早,侠女就出了门。

我忐忑不安地去学校,进了教室,发现班主任笑意盈盈。她在班级里说,前天没写作业的同学,把作业补上就好了。

发生了什么呀?

我迫不及待地回家问妈妈,妈妈说,她找到我老师宿舍,我老师还没起床呢——我脑补了妈妈作为湖州三天门丝厂教育科科长的说话神态——妈妈认真地跟对方说,学生是不能体罚的。班主任频频点头。

如释重负啊。感谢妈妈在我奋起反抗的这一刻,站在我这边,给了我勇气;也感谢班主任马上调整了教育态度,让我们回归到正常学习中。

初中毕业,我以班级第一的成绩考入本校的高中,继续当班长。

新的老师、新的同学、新的课程,带给我新的感受。我依旧发扬刻苦学习的精神,在高中班里也保持了数一数二的学习成绩,这对我来说是立身之本,也是自信的基础。

同时我还参加了排球队,在学校的跳高、跳远比赛中,也获得过名次。老师经常在学校的外事活动上,推选我作为学生代表发言。

翻看当时的照片,黄同学一身正义凛然。

高二那年,校长推选我去台湾参加海峡两岸中学生红十字夏令营。来自全国各省市的中学生代表30人在广州集中培训,然后转道香港办理签注,最后来到台湾,跟30个台湾中学生一起共筑友谊。在这八天七夜的夏令营里,我们从台北一路南下,到台中、台南、高雄,领略了阿里山的秀美和垦丁大海的宽阔。

这次特别的旅行改变了我。

记得那晚,我们来到垦丁。台湾的康辅员说,不凑巧,台风要来了,云层特别厚,本来可以在海边的夜色里看月亮,多么浪漫,可惜这回看不到了。

我们也觉得有点遗憾。

突然,他眼睛发亮地说:"如果我们所有人一起唱《月亮代表我的心》,你们说,会不会把月亮从云层里唱出来?"

我被他的这个提议惊呆了。

我们是学科学唯物主义的少年郎,怎么还能听到那么不切实际的说法?

但是大家集体回答:"好!"

"你问我爱你有多深,我爱你有几分?我的情也真,我的爱也真,月亮代表我的心……"

我们60个学生放声高唱,一遍又一遍,唱得我眼眶都要湿了。

终于!

竟然！

滚圆的月亮穿过云层，出现在夜空里，皎洁的月色同时穿透了我的心。

大家欢呼雀跃，继续对着月亮唱《月亮代表我的心》。

我的眼泪流出来了。

康辅员说："月亮被我们唱出来啦！我们来跳舞吧！"

大家在月光下，大海边，跳起了刚刚学会的集体舞……

记得后来，我一直都在笑。

我甚至觉得在过去十八年的生命中，我从来没有那么放肆和纵情地笑过。

那一刻，似乎我不需要努力学习，不需要讨好他人，不需要任何的压抑和掩饰，我看到不切实际的幻想也能成真，只需要负责唱歌、跳舞、大声欢笑，而这快乐是被允许的，是被鼓励的，快乐本身就有意义和价值。

之后我的人生里经历过很多很多的欢笑和泪水，但那个晚上月光下如此纯粹的眼泪和笑容，我十足怀念了半辈子。

从台湾回来以后，我写了很多文章，也做了很多演讲。

我感受过无忧无虑的大笑是一种什么样的体验以后，我想我要继续追寻它。

哈哈，从此我变成了一个更自信、更阳光的女干部。

高二时，要文理分科了。我所在的六班，是年轻班主任带领的活力十足的个性班，同学们都很活泼，不管是运动会还是歌唱比赛，六班都能获奖，只是学科成绩不如年级其他五个班。

老师们研究了一下，在五个理科班、一个文科班的分班策略下，他们决定把六班拆了，当成文科班，把全年级的文科生集中到六班，大部学理科的同学分散到其他五个班去。

作为六班的班长,我有"亡国之君"的挫败感。

而我自己呢,选择文科还是理科?

我有点纠结。在老师和同学们的印象中,特别会写作文的黄澜,应该会选文科班。我也知道我的语文、外语成绩,基本上能稳稳拔得头筹。数学、物理、化学不是数一数二,但也名列前茅。但是政治、历史这两门,我能考高分,只是内心深处没有那么喜欢。

大量的机械式的背诵——这道题目下面必须回答三点,那道题目必须说出五点——让我觉得疲惫而无挑战性。

选文科,更容易考高分,更容易进名校;考理科,对我而言,高三这一年将会更具挑战,学习有用的物理与化学知识,感觉比死记硬背政治和历史,更有意义。

我回家跟爸爸商量,他竟然说:"如果你选理科,我会为你骄傲。"

啊?爸爸的回答让我很意外,他如此认真地培养我写作文,却在这个关键点鼓励我学理科。不知是因为他也信奉"学好数理化,走遍天下都不怕",还是欣赏女儿的自我挑战精神。

我说好,那我就试试,选理科!挑战物理、化学!

高三这一年,我心理压力很大。

早上天蒙蒙亮就骑着自行车到学校早自习,学一天,晚自习后,披星戴月骑车回家。每天脚脖子都是肿的。

频繁的月考、周考车轮战,高考倒计时和考试的排名表一起,都写在黑板上。老师天天念叨:你们一辈子的前途就看这几个月了,差一分就差一种人生。

我的文科成绩依旧一骑绝尘;但是数理化,我再怎么努力,成绩出来,还是跌出前三,在前十名内徘徊。

这个对我来说，是一个打击。我看到了自己能力的局限。

月考考砸的时候，我坐在操场角落里的看台上，默默地哭。

为什么数学最后一道难题就是解不出来？为什么物理有那么多公式，不知道这个情境下用哪一个？

我当了制片人以后，每次电视剧首播，我都会做噩梦：数学最后一道题做不出来呀，交卷时间到啦！

高考公布成绩，我的语文和数学一样，考了124分，数学前面题目满分，最后大题直接放弃。英语130分，物理118分，化学106分，总分602分，全班第6名，年级第26名，全省第300多名。

老师说："黄澜，你要是考了文科，肯定排名更高。"

但我觉得，我尽力则无憾。

填报志愿，才是人生最有戏剧性的时刻。

我真不知道未来我要做什么。

小时候幻想过当一个画家，后来又想当外交官，看了中央电视台的《正大综艺》之后，我觉得主持人真的好幸福，去全世界各地旅游，然后对着镜头说："啊，我来到了森林！啊，我看到了蛇！啊，这个菠萝真好吃！"

这样的工作真让人羡慕呀。

主持人杨澜青春的面容出现在电视屏幕上。报纸上有对她的报道——她毕业于北京外国语学院（1994年更名为北京外国语大学）。我记住了这个学校的名称。

我问作家老爸："你觉得我从事什么样的职业好？"

他说："我同事的女儿考到上海外国语大学学德语，毕业后在德国领事馆工作，德国人做事情多严谨！只要学外语，就有机会去外资企业当白领，坐办公室，多好。"

我看他一脸神往,心想:你为什么不想让我女承父业当编剧呢?大概是觉得创作太辛苦了,稿费也不高吧。

但是,我并不想考上海外国语大学,我想去北京!我们红十字夏令营的营友们都相约考到北京去相聚。

"爸爸,我想去北方,离家里远一点,看看更广袤的世界!"

"不!上海好,离杭州近。现在世界五百强都在上海设办事处,机会很多。"

按自己的想法,还是听我爸的?我好纠结呀。

北外在浙江招十几个人,有英语、法语两个专业可选择;上外招18个人,但有14个专业可选,还特意注明是文理生兼收。

交志愿表的那个早晨,我印象太深了,我想选一件T恤衫套上,骑车去学校。穿上T恤衫,志愿填北京,觉得衣服有点紧,又脱了T恤衫,志愿改上海。换件衣服吧,也没合适的,还是这件T恤衫,我又穿回了它。

就这样反反复复穿衣服,来来回回改志愿。

最后我还是选择顺从老爸,在第一志愿处写上了"上海外国语大学德语系"。

很快我接到了上海外国语大学的录取通知书,只不过专业并不是德语,而是俄语。估计是德语系在浙江省只有一个名额,出现了另一个选报的人,分数比我高。招生老师就给我调配到了俄语系。

我爸妈说,正好他们年轻的时候都是学过俄语的。

俄国企业在上海就没有那么多办事处了,这可怎么办?

我爸问我要不要申请换个专业。我拒绝了。我说分数是我自己考的,志愿也是我自己填的,也许这就是命运吧。我愿意接受。

于是1998年9月8日,我带着一大箱子行李,来到了位于上海市虹口区的上海外国语大学,开始了我的大学生活。

外国语大学的校园比我们中学大不了多少。我梦想中幽深校园、梧桐落叶、白衣师兄的情景并没有出现。

但是七个女生住在一个房间里,睡上下铺是我期待的生活。

看我领完被子、枕套、热水瓶,爸妈就回杭州了。

看着他们消失在夜色里的背影,那一刹那我心里好空。我曾经无比期待的自由生活,真正到来的时刻,却伴随着对父母如此深切的依恋。

我的心好像被掏空了一半。

而另一半,被全新的大学生活填补上了!

我要学习一门33个字母组成的语言,还要发卷舌音,名词不仅要分阴性、阳性反应和中性,还有各种变格,动词有那么多变位,说一句话,脑子里要提前转半天,才能把所有的词配比好合适的词性和语态。

老师说:"中文、俄文和阿拉伯语是世界上最难学的三门语言,你们很快就会掌握其中两门了!"

老师还说:"我们俄语系不止学习一门外语,我们系的全称是俄罗斯语言文学系,俄罗斯文学是世界文学里的瑰宝。你们好好学习。"

老师又说:"中南海的翻译、外交部的翻译、商务部的翻译、联合国的翻译,很多都是我们学校出去的。"

在老师的激励下,我早起跑步,然后啃着糙米团在阶梯教室里大声朗读课文。整个阶梯教室就是一个小联合国,日语、法语、西班牙语、德语、意大利语、韩语、阿拉伯语,不同语言的朗读声此起彼伏。

晚上去自修教室抢位子做作业、看书。同时我还辅修了高等数学,锻炼逻辑思维。

俄语系有很多社团,我参加了话剧社,第一次上台演戏,扮演《雷雨》里的繁漪，获得了上外戏剧节最佳女主角称号。

《庭院里的女人》剧组来上外招会说外语的特约演员。我大胆报了名，结果副导演录用了我，让我去苏州拍戏。

这是一部根据赛珍珠小说改编的、中美合拍的电影，女主角是中国女演员罗燕，男主角是好莱坞明星威廉·达福。

我妈妈调回杭州以后，在浙江电影制片厂做宣发，我跟着她去过好几个剧组，但这个剧组一半工作人员是美国人，我看他们的剧本和通告都是英文的，管理方式也是美式的。

跟我住在一个房间的曾姐，是应聘来做翻译的。她告诉我，这个剧组很厉害，工作六天就能休息一天，而且制片人如果能够管理拍摄，进度过半、预算过半，他就会领到奖金。

曾姐是上海人，复旦大学毕业的，见多识广。

她跟我说："你知道我是怎么得到第一份工作的吗？

"那时，我在学校海报栏里看到一个招聘启事，说去学校旁边的酒店面试。我就抄下了地址和酒店房间号。到了酒店前台，我就问预定这个房间的客人贵姓。前台说姓徐。"

她继续说："我敲门走进去，很大方地问候对方：徐先生，你好啊！"

我瞪大了眼睛。

"你知道怎么样？他大吃一惊，觉得我怎么会知道他姓什么，从此对我的印象十分深刻，很快就录用了我。"

我觉得她好厉害啊！

曾姐接着说了一个金句："在这个社会，你想求得更好的机会，就要比别人考虑得更多！"

特约演员的演出倒是没有什么难度，最后在片子里我也没看到自已有几个镜头,但这次剧组之旅,打开了我的眼界,我认识了很多不一样的朋友。

1999年,互联网各种门户网站纷纷开启,热浪滚滚。

我拿到了三千元片酬后,又跟父母要了一些钱,买了一台笔记本电脑,然后拎着笔记本电脑,来到了刚成立的上海外国语大学网站办公室。

我跟老师说:"听说你们在为上海外国语大学网站招网页设计师,我虽然没有学过网页设计,但是我学过画画,有美术基础,而且我有自己的电脑,回宿舍也可以工作。我愿意尝试,请给我一个机会。"

老师录用了我。

我白天学俄语,放学以后就去网站学习网页设计,后来又开始给学校网站做宣传推广。

《庭院里的女人》剧组还有一个特约演员,他后来去当了易趣网的市场部总监。我打电话问他,国庆节需要大学生来打工吗?他说好呀。他让我连续七天在办公室里给每一个易趣网的注册客户打电话,了解他们的使用体验。

那时,易趣网刚刚成立不久,办公室里没有几个人。我就坐在一台电脑前,给客户打电话,跟他们聊天,然后把他们的满意程度记下来,汇总在Excel表上。创始人谭海音问我:"调查结果怎么样?"我说挺好的,大部分人满意,但也有人接到电话就很烦我,说易趣网不好用。

她突然眼睛亮了,说:"他们说易趣网哪里不好?"

在我原来的经验中,总是要放大好的,掩盖不好的。但是谭总的反应让我有点惊讶,她说:"知道问题才能改进,这样的差评客户更有价值。"

我很震撼。然后我重新打电话给差评客户,听他们谈不愉快的体验究竟是怎样的。

谭总还演示了Excel表的图标功能,让我学着做统计。

这七天结束了,我回到学校读书,觉得自己元气满满。

大二那年暑假,我和妈妈去瑞士旅行,住在我妈妈知青时代的朋友家里。刘叔叔在联合国工作。我好想去联合国看看呀,到联合国当翻译是我们上海外国语大学毕业生的最高梦想。

刘叔叔带我们去联合国参观,里面的办公室很小,会议厅很大,整洁舒适,又不失气度。

我问刘叔叔,在联合国做同声传译的是不是很厉害。

刘叔叔说,他知道的最厉害的翻译是一个中年妇女,负责英语翻法语。她坐在翻译席上做国际会议的同声传译,一边耳朵里听进去英语,一边嘴巴里说出来法语,几乎没有间隔,同时她手上还在织毛衣。

织毛衣!

是的,因为她从小就在说两种语言的家庭环境里长大,对她来说,同声传译就是一种机械的劳动,讲话的内容她可以完全不去理解,就把意思直接说出来——打开水龙头,水就流出来,如此简单。所以她完全可以同时织出漂亮的毛衣。

这是天造之材啊。

而我,靠每天早自习、晚自习这样的努力,估计奋斗一辈子,也达不到来这里工作的水平。出门时,我抬头看看联合国的大楼,有种职业梦想破碎了的感觉。

两年俄语学习下来,我也拿了奖学金,成绩也还可以,但是我还是没有找到学习俄语的自如和乐趣。

大三那年,我去莫斯科大学当交换生。学外语的人,都渴望去语言原产地感受一下。当我来到俄罗斯,听到身边所有的人都在说俄语,真是好激动啊。

过了两个月,基本适应了留学生活,我开始当兼职翻译打工赚钱。在上海胡老板开的公司里当翻译,他给我两百美元一个月的工资,我一周去两次公司,有什么翻译也可以在宿舍做。这家公司那时还出版中文报纸,我利用在上外网站时学过的美术设计软件,给大客户做平面广告设计;也给公司旅游业务做拓展,还跑去拉脱维亚和土耳其,开拓新线路;暑假时当领队,接中国游客团。

在莫斯科打车很有意思,都是在街上站着拦车,私家车停下来问去哪里,如果顺路,就马上谈价钱。放学后去公司上班,没有顺路的地铁,我都是打车过去。有时候打到过杜马的车,有时候中巴也会停下来载我。

那天,我打车到了公司,当时胡老板有个合作伙伴从国内过来,我跟他说,我今天打车打贵了,对方要我四十卢布,要不是实在太冷,我怎么也不能答应。等我下班回去,我一定要打一辆二十卢布的车,平衡一下预算。

我记得那个大叔脸圆圆的,很认真地说:"黄澜,你将来会有出息的,你是一个很有经济头脑的人!"

他这句话的底层动机让我觉得很不可信,不就是这顿吃多了,下顿省一点吗?多简单的逻辑,怎么就未来可期了呀?

我心里发笑,哈哈。

这个大叔是上海某厂家派过来追款的,好像是有什么货款没有结清。我总觉得追债的人应该是气势汹汹的,欠钱的人应该是头皮发麻的。但奇妙的是,大叔住了一个月以后就开始帮胡老板做饭。我看到他们在厨房里一起卤鸡胗,还得意地说:"俄罗斯人这点好,不吃动物内脏,所以买来很便宜,正好让我们卤卤下酒吃。"

我也是惊呆了。我觉得胡老板很厉害。

胡老板说他有个朋友,在美国驻俄罗斯大使馆申请商务签证,需要一个翻译陪他去面试。这哥们在莫斯科大市场打工多年,会简单的口语,要是面试官问他复杂的俄语他怕听不懂,就需要找一个翻译,一天一百美元,比其他翻译工作一天五十美元的工资高一倍。

我问:"他是申请商务签证真的去考察,还是拿个签证就在美国黑下来?"

"这哥们娶了个俄国姑娘,生了个混血宝宝,但现在生意不好做,想着再去美国闯闯,说不定待几年就能赚到钱。"

"那老婆、孩子不要啦?"我觉得好奇怪,"他这样能骗过美国面试官吗?"

"这就看他的运气啦。"

不过当翻译不就是把一句话从A语言翻译到B语言吗?其他的跟我也没有关系,我还是打工赚生活费吧。

我们在大使馆门口集合,他一身隆重的商务打扮,看来很重视这件事。

"面试官的俄语不好,你跟他们讲英文哦!"他提醒我。

我觉得我不是来当翻译的,更像是来加持他成功商务精英人设的。

要跟他联合起来骗面试官发签证呀,我心里还是有点打鼓。

有好几个面试窗口,轮到我们的,是一个亚裔面容的年轻女孩,一脸傲慢。

他上前给面试官递名片,对方瞟都不瞟一眼。我用英语自我介绍说我是翻译。她却用俄语回答我:"把资料拿来。"

她一开口,我就蒙了,她的俄语说得实在怪异,是美国人说俄语的发音,难听又难懂。日本人说俄语,韩国人说俄语,我听着都好一些。

我很想跟她说,你就跟我讲英文吧,你的俄语我听不清,但我又不敢这么说。

她飞速地翻阅着资料,用俄语发问,我翻译成中文说给大哥听,大哥回答以后我再翻译成俄语。

面试官突然脸色一沉,问了一句话,第一时间我没听懂,愣住了。

没想到这个大哥反而听懂了面试官的问题:"你有几个孩子?"他直接用俄语回答:"一个。"

他回答完,我才反应过来,她说的"孩子"这个词没有变格,我就没听懂。

好惭愧啊。

她看完资料后,在护照上盖了一个黑戳,她用俄语说:"我不能给你签证。"

我从愧疚感中挣脱出来问她:"why(为什么)?"

她粗鲁地说:"你就管翻译!"

她这句话刺痛了我。我那一刻竟然忘记了自己是翻译,我是没有权利问为什么的,只需要把她的拒签翻译给大哥。

大哥问为什么。

面试官说:"从你的资料里,我没看出你去美国有什么必要性。"

我翻译完了。大哥很沮丧,我也很难过。

我的难过有很多不同的原因。最难过的是因为我翻译能力不够,简单词汇都没及时翻译出来,没有尽到责任,造成了面试官对他的不信任。其次,我领悟到,在翻译过程中,我越位了,我是一个传声筒,不是当事人。

翻译的工作就是从A到B,从B到A,我竟参与谈判,太不专业了。

我虽然还是拿到了这一百美元,但是我回校后非常沮丧。我开始质疑自己:联合国早就没戏了,民间翻译都做成这样,我还能成长为一个好翻译吗?

内心深处更大的质疑是:翻译工作适合我吗?

回到莫斯科大学的俄语课上,我的老师说:"很多外国人都读俄罗斯文学大师的作品,但对当代俄罗斯作家却不太了解。"

他推荐我阅读三十多篇有代表性的"俄罗斯后现代主义散文"。我第一次感受到,如果你掌握了俄语,再去读俄罗斯文学,跟阅读中文翻译过来的文学作品,完全是不同的体验。

读这些当代作家的散文,的确能感受到俄罗斯人在苏联解体后十年里心态发生的变化,整体呈现出一种迷惘和消极的情绪。

大四回上外学习的时候,我们系副主任在课堂上问我:"你说你阅读了很多'俄罗斯后现代主义散文',那你说说什么是后现代主义。"

我大脑打了结,文章读了不少,但没有总结过。我说得磕磕巴巴。

这个曾经在俄语系作文比赛上给我评过一等奖的系副主任,明显对我的回答不太满意。

他说:"还是那句老话,我们系的全称是俄罗斯语言文学系,不仅要学语言,还要学文学。"

听他这番话,让我比大一时更有感触。

我有些自责。我沉浸在语言学习中太久,对文学的关注还不够。

大四最后一个学期,我认真地把《静静的顿河》看完了,找回了当年通宵达旦阅读世界名著精选时的乐趣,写了很长的论文。

初中时代,我看的俄罗斯作家左琴科写的《丁香花开》,其讽刺现实主义的笔法,深得我心;高中时代,托尔斯泰的《复活》让我看到了人性反思的巨大力量;大学时代,肖洛霍夫的《静静的顿河》,打通时代和人物命运,史诗般磅礴的现实主义穿透了单薄的我。

感谢俄语学习带给我对另一种文化的深度体验,后来我制片的影视作品深深受到这些文学作品的影响。

我喜欢关注社会现实,描摹真实复杂的人性,展现个体和集体在时间和空间作用下的交织。

作为俄语学院的学生,做兼职工作的机会其实是很多的。

邻班的女生,有一天着急忙慌地找到我:"黄澜,急!上海展览中心在找一个俄英翻译,明天上午两小时,开价一百美元!我们想来想去,你的英语比我们都好,俄语也不错,这个肥差,让给你吧!"

"俄语翻英语,英语翻俄语?"我有点怵。

在给胡老板打工的时候,倒是有一次,我跟俄罗斯旅行社的老姐姐们一起去拉脱维亚出差,拉脱维亚旅游局向大家展示首都里加的美丽景色时,都是用英文介绍的,而我则负责同时翻译给同行的俄罗斯姐姐们。就那次我尝试过俄英互译。

我问我的同学:"这是一个什么样的工作场景?需要什么水平的翻译?"

她说:"就是俄罗斯女记者要采访一个英国人,一对一,聊聊天。"

一对一?聊聊天?

那还可以。

我答应了,要来了地址。

第二天,我按照规定的时间和地点,来到了上海展览中心,见到了对接人,是一个俄罗斯中年妇女。她看到我的时候,特别惊讶,问我多大,我说我二十二岁。

然后她把我领到一个会议厅,我一看就傻眼了,天哪,这是一个几十人的会议厅,难道要我做一个公开会议的翻译吗?

我心里开始哆嗦。

这时主讲人——一个英国绅士——走了进来,他跟我握手,我客气回应。

很快场子坐满了,英国人打开了PPT,我一看题目差点没昏过去!

"关于某某公司建立石油管道从俄罗斯铺到欧洲。"

能源行业多少专业用词啊!臣妾做不到啊!

还没等我反应过来,这是一个什么样的悲剧场景,英国绅士已经开始了他的演讲。

他语速不快,语句很长,等他把整个句子说完以后,所有人都看着我。

我大脑一片空白,开口说了一段话,说完以后,英国绅士转过身用英语对我说:"我觉得你这时最好说俄语。"

我才反应过来,我刚刚嚅动的嘴皮子,竟然是把他说的话用英语又重复了一遍。

有一个成语叫作"呆若木鸡",我觉得形容当时的我非常合适。

这时,俄罗斯女人让我坐下,问与会的俄罗斯人里,有没有会英语的,然后一个年轻女人从听众席上站起来说,她英文不太好,但可以试着翻译一下。

我坐在这个耻辱的翻译席上,内心崩溃。我想是不是这时应该掩面哭泣离去?

不,我转念一想,来都来了,见识一下场面也是可以的,万一还有什么地方需要我翻译呢?

我顽强地留了下来,直到这场会议磕磕巴巴地结束。

我给俄罗斯女人做了会场费用支付的翻译以后,向她道歉。她说没关系,给了我八百卢布的路费。

回学校的路上,我如同行尸走肉——人生从来没有如此窘迫过——我感觉我的脸皮好像被撕破了。

同时破碎的,是我对自己发展俄语专业的美好愿景。我再也不想当翻译了。

临近毕业,同学们都开始忙着找工作。继续学习俄语读研究生,我是没有兴趣了。马上找工作呢,摆在我们面前的是一些跟俄罗斯有业务联系的政府机关、国家企业,俄罗斯在上海的贸易企业,还有的同学干脆不用俄语找工作,用第二外语英语找工作。

招聘季的时候,学校有很多宣讲会。我听过一个安达信会计师事务所的招聘会,他们在台上演讲的时候,感觉有一种咄咄逼人的精英范儿,他们说:"只要最优秀的!"

我被这样自信的气场掀翻了。会后大家都在写自荐信,我也用英语写了一封,意思是你们需要财务分析师,"财务"我可以学习,但是"分析"我很在行。

自荐信石沉大海,毫无回音。

同学们说会计师事务所不是最好的出路,去管理咨询公司应聘吧,美国的管理咨询公司更牛,一个学校就录取一人。

我在网上查了一下,原来还有给企业管理做咨询的公司,所有的办公室都在最高大上的地方。

他们都要英文加经济管理复合型专业的毕业生,最好是应届学生会主席。

我还不够优秀呀？我对我的核心竞争力产生了怀疑。

如果我不想从事俄语翻译工作,我还能做什么呢？

也许我应该再去学一个语言之外的专业。

回想兼职打工的时候,雇主对我都挺满意的,他们说我头脑灵光、干活利索、吃苦耐劳。

我爸爸对我还有去外资企业当白领的期待,要不换个专业读研究生吧,比如经济管理专业？

鉴于我的专业是俄语,我就考莫斯科大学的经济管理专业吧！这样,我也可以跟莫斯科大学法律系的男朋友继续相处。

想好了以后,我就开始收集资料,准备7月份在莫斯科大学的研究生入学考试。

考试是俄语的,考试范围是本科水平的微观经济、宏观经济和管理学。

我开始进入苦学模式。

恶补经济学知识,同时也要学会所有俄语表达的经济学词汇。

虽然只有几个月时间,但我发现学习经济学没有那么困难。也许是因为我有高等数学的基础,所以很快就学通了。

我再次回到莫斯科,参加入学考试,跟俄罗斯同学一起竞争,录取的200多人里我考了第40多名,成为莫斯科大学经济管理系的研究生。

哈哈,学霸的成就感又回来了。

我觉得这应该是更适合我的专业了。

美丽的秋天来了,我满怀热情地开启了研究生的学习生活。

莫斯科大学有一种神奇的毕业证,叫"红色毕业证",传说只有全部科目都是"优秀"的学生,才能得到它,大部分同学拿到的都是蓝色毕业证。获得红色毕业证的同学,有专门的毕业典礼,校长亲自颁发证书。

这就是我的目标了!

我下定决心,一定要拿到全优!

经济管理学里但凡需要数学基础的课程,我都学得很好。解方程什么的,是我的强项,老师经常让我去黑板前给同学们演示计算。一个外国学生给本国学生用俄语讲数学题,让我觉得相当自豪。

当年执意学理科的好处这时显现出来了。考试的时候,瓦洛佳就喜欢坐我旁边,偷偷抄我的题。

但是,纯文科的科目呢,我学得就有点累。比如国家管理,每次上课记笔记都记不下来,回头还要找娜塔莎借笔记抄。学习感受呢,也很像当年学政治、历史,几乎都是要死记硬背。

但是这也难不倒我,我像一部小马达一样,动力十足地吸收知识,把一门门课的"优秀"纳入怀中。

跟法律系的王同学谈了一年恋爱,我们搬到了一个宿舍住。一起做饭,一起学习,一起散步,一起玩耍,我感受到了有人陪伴、有人呵护的美妙。

经历了愉快浪漫的学生时代的恋爱,我们在中国驻俄罗斯大使馆领证结婚。

我一边读书,一边兼职做一些翻译工作。

通过我爸爸在俄罗斯的作家朋友,我还认识了一个俄罗斯画家,我经常去他的画室看他画画,慢慢自己也动笔学习油画。

画画这件事给我带来了莫大的喜悦。

我发现,每次从画室回来,在地铁里我都不自觉地哼歌。

莫斯科大学的宿舍,大部分是七平方米一间的,但也有十几平方米的套间。我想申请一个稍大一点儿的宿舍，同学们说，那你要去九楼找楼长比布诺拉，她可是个厉害人，只有她给你批了，你才能去总部申请。

我写好了申请书，跑去九楼找比布诺拉。

一出电梯，就被楼道里的宿舍管理员老太太喊住了。

"姑娘，你找谁？"老太太满头银发，声音里带着威严。

"我找比布诺拉，去申请宿舍。"

"你知道在我们俄罗斯，去找领导，是不能喊人家名字的吗？必须喊名字加父称表示尊敬。"

她说得没错。但我有点紧张，也不知道比布诺拉的父称是什么。

老太太拉过我，让我坐在她身旁。

"你跟着我念！比布诺拉·阿赫米达芙娜！"

我小声地跟着她念了一遍。

老太太很不满意，她说，这个名字是塔吉克斯坦人的名字，你平时不常见，但是你要找人家办事，就必须对人家很尊重，所以一定要把她的名字念熟。保证你冲口而出的时候，就带着亲切。

"来！跟着我念十遍！"老太太的手拍着桌子打节奏。

"比布诺拉·阿赫米达芙娜，比布诺拉·阿赫米达芙娜……"

好尴尬啊。我心里非常委屈，为什么一次正常的宿舍申请，就非要显出讨好的姿态呢？我不喜欢这样被人逼着背单词，好像一个小学生。

宁可不要大房间了，行不行？让我走吧！我心里这样说。

但我没说出口。

难堪，沉默。

老太太看着我，一点都不退却："你叫什么名字？"

"澜。"我说，写下来给她看。

她说:"你的名字很美啊,在俄语里是小鹿的意思。小鹿,无论什么情况下,你想跟人沟通,就一定要以对方舒服的方式!"

"跟我念,比布诺拉·阿赫米达芙娜!"老太太继续拍桌子打节奏。

"比布诺拉·阿赫米达芙娜。"这次我跟了。

真的念了十遍。

十遍以后,我可以脱口而出了:"比布诺拉·阿赫米达芙娜。"

老太太对我满意了。我问她:"奶奶,您叫什么名字?"

"阿拉。"她说。

阿拉奶奶告诉我,比布诺拉从塔吉克斯坦来到莫斯科,要供两个孩子读书,非常贫穷。好吧,沟通要以对方舒服的方式,我买了她一家四口需要的礼物送过去,一开口就是亲切的"比布诺拉·阿赫米达芙娜",她很快给我签了字。

也许这就是在俄罗斯生存的基本逻辑。我心里并不认同。但在阿拉奶奶的开导下,我尽量对现实多一分理解,而少一些反感。

当我搬到九楼以后,阿拉奶奶是我每次出电梯都会看到的人。她会问我这一天过得好吗,学了一些什么课程,也会跟我讲她的人生故事。当我怯生生地开始画画时,她会瞪大眼睛说:"你知道吗?你是天才!"

我觉得她好夸张啊。但她真的欣赏我的画,费劲地找到木头画框,把画挂在走道——她的办公桌旁,她会跟所有路过的人说:"看!我们九楼住着一个来自中国的画家!"

在我的成长经历中,我听到的都是"戒骄戒躁""谦虚使人进步",很少得到这样隆重的夸奖,我内心对她充满感激。

春天,她带我去采蒲公英,我们也会一起闻丁香花;冬天,我们在雪地里散步,聊聊家常,聊聊诗歌。

阿拉奶奶给了我友伴似的理解,以及亲人般的爱。

离开俄罗斯十年后,我打不通阿拉奶奶的手机,就打电话给比布诺拉,她说:"阿拉奶奶死了。死之前,她说她很想你。"

那个晚上,我哭得全身发麻。第二天我去俄罗斯驻华大使馆里的东正教教堂,想为奶奶祈祷,结果门卫拦住了我,我哭着哀求他们。我从未有过这样的情绪失控……

现在我敲着键盘,回忆起阿拉奶奶一头银发,拍着桌子让我跟她念十遍,禁不住泪流满面。

研究生一年级的暑假,我儿子出生了。我们很开心,跟莫斯科大学宿舍里很多学生父母一起,开始一边读书一边带娃。

婆婆寄了很多中文的母婴杂志给我们,让我们学习带娃。我看看他们的文章,觉得我自己也可以写呀。于是我给杂志社投稿,写了一个专栏叫作《我在俄罗斯生孩子》。

莫斯科大学的老师,对我们这样的学生父母都很照顾。我每次去考试,老师都笑眯眯地说:"小母亲,你别紧张,慢慢回答问题,考试不重要,养好宝宝最重要。"

俄语课上,我们老师介绍当年苏联解体前,大家是怎么私有化一个偌大的国家的。有人把整个国家数据化,算出来国家值多少钱,然后除以人口数,每个人都会分到一张券,你可以拿券买工厂的股份,也可以卖给他人,也有的同志直接糊了墙……

我问老师:"你是认真的吗?"

他说主导这次私有化的丘拜斯也是莫斯科大学毕业的哟。对于一个超级大国的私有化,没有人有经验啊。但最厉害的是,不管怎么样,这个国家就这样被私有化了！从此以后，苏联成了一个历史里的名词。

俄罗斯人就是这么举重若轻啊。

在这两年的研究生学习里，我对市场营销最感兴趣，也喜欢参考各种商业案例。

我的毕业论文准备的是有关项目制管理的。答辩那天，我专门去红场，花重金买了西装皮鞋，打扮一新，但心里也有些打鼓，这是要当着那么多老师的面，用俄语回答所有的专业问题，万一有一个问题没听懂，该有多丢人啊。

自从我专业学习外语以来，常有一种焦虑：听力考试听不出来，拼写单词写不出来，现场翻译翻不出来。到现在为止，也依然如此。

我们系最德高望重的白头发帅大叔听了我的论述后问我："矩阵型交叉型的项目制管理里的确有很多人力资源管理的问题，但是这个单拎的个体项目制里，有什么冲突？"

我说："个人内在冲突难道不是冲突吗？"

我竟然用了反问句，真是吃了豹子胆，话就这样横着出来了。

老师们都哈哈大笑。

我松了一口气。接着又回答了几个问题。

主考官在总结点评的时候说，今天的答辩，大家的表现都很精彩，而来自中国的同学，尤其给我留下了美好的印象。

答辩通过了，两年来，我所有的科目都获得了"优秀"。我有资格拿到红色毕业证啦！

全优生的毕业典礼，在莫斯科大学主楼的礼堂里举行，因为那天要带孩子，我去晚了，进入礼堂的时候，赶上校长致辞的结尾，大家开始欢闹庆祝，气氛热烈。

看着同学们青春飞扬的面庞,我心里却很冷静。

我匆匆退出,赶回宿舍带孩子。

成绩属于过去,我知道我可以就够了。

毕业证书拿到了,儿子也一岁了,他早早学会了走路。王同学要留在莫斯科大学再读一年,才能拿到法律系的硕士学位。

所以,我带着儿子回到了家乡杭州。从经济管理系毕业的我,幻想着创业做生意,想引进俄罗斯的婴儿游泳技术,让国内的宝宝从出生就开始学习真正的游泳。

但是经过一番市场调研以后,发现不太可行。

我想在家里安心带儿子,才住了一个月,我爸就有点焦虑。他一直以女儿是一个学霸为骄傲,当他看到我当全职妈妈不工作,也不看书,更不写文章的时候,着实有点意难平。

我说俄罗斯妈妈们都提倡母乳喂养两年,这样对孩子身体最好,我还是先把娃带好,再考虑找工作吧。

爸爸一脸认真地说:"今天中午在北京与我合作的导演来杭州请我吃饭,你跟我一起去吧!"

无奈之下,我跟爸爸去赴约,遇到了中国国际电视总公司节目代理部的马总。

马总人很精神,说话气场很强,他问我:"你的职业理想是什么?"

我心里惦记着儿子在家会不会想我,就随意地开玩笑说:"我希望穿着漂亮的西装,在全世界各地飞来飞去,从北京飞东京,从纽约飞伦敦。"

马总乐了:"那只有我们公司可以帮你实现梦想。我们的海外销售部每年要参加各种国际电视节,在各个国家飞来飞去。"

我接着又说:"你们公司在北京吧?我三年前去过北京,发现三个奇怪的点：第一，中午的时候去农贸市场，卖蔬菜的大姐竟然睡着了，敬业精神不足。第二，在餐厅吃饭，一次性筷子的包装上写着'本酒店欢迎你'，这语气太大爷了吧，感觉对客人不尊重，难道不应该写'某某酒店欢迎你'吗？第三，天下雨了，收药品的标牌还躺在大街上，人却走了，这个标牌天晴的时候就不用了吗？综上所述，我感觉北京缺乏商业精神，不适合我发展。"

马总听完又乐了，他说，我们选择一个城市发展事业，不是看这个城市你喜不喜欢，而是看你事业的大方向跟这座城市有没有契合的地方。如果从事文化事业，北京是最核心的城市。另外，我们公司也需要经济类人才，欢迎你来北京参加考试。

马总的话打动了我。我们做人生选择的时候，的确需要看大方向。

如果可以在一个文化企业从事经济管理类的工作，我觉得还是很不错。我从小在爸爸的剧本背面打草稿，听他跟各个导演讨论主角此时是死了还是活着，每年都跟他去参加电视台的年会，暑假还去不同省份的电影制片厂看望在那里闭关写作的爸爸，我对文化企业是有感性认识的。

另外，本科俄罗斯语言文学专业，外加经济管理研究生，也算是专业对口。

爸爸妈妈很支持我：海阔凭鱼跃，天高任鸟飞。俄罗斯你都去了，北京就更不用怕了，去闯闯吧。

于是我带着儿子搬到了北京。顺利通过好几轮笔试、面试，开始了实习生活。

马总给了我去不同部门实习的机会。我在海外销售部、国内销售部、节目部、财务部分别待了半个月以上，学习和了解各个部门的工作流程和业务特点。

在国内销售部实习的时候，我发现当时统计销售数据就是用来结账的，即哪个电视台买了哪部电视剧，花了多少钱，这样的数据都是录入一台老式机器里，吱吱吱打印出来，供销售员催款用。这些数据没有用到客户和产品分析中。

于是我打开Excel表，把近三年的销售数据打印出来，录入电脑中，并在录入过程中，对电视剧进行了分类标注。

海量的数据啊，一个个手工分类并输入，连续三个月的晚上，我都是先把儿子哄睡着，然后起来连夜输入，有时给儿子讲故事，讲着讲着自己也睡着了，半夜惊醒，再爬起来工作。

这些数据完成输入以后，我就可以分析出来：所有客户的销售总额排名、单价金额排名，对哪些类型的节目有特殊的偏好，哪些节目重复购买最多……

比如销售数据告诉我，四大名著电视剧的销售次数是：《西游记》>《水浒传》>《三国演义》>《红楼梦》。

比如浙江电视台影视频道对古装类别的电视剧尤为喜爱，东北地区更喜欢购买乡村喜剧……

这些分析和推论，让我非常兴奋。在统计数据的过程中，我也对节目进行了全面了解，对全国上百家电视台客户的需求进行了轮廓勾勒。

按照市场营销课里学的4C理论，我们必须了解我们的产品、我们的客户、我们的价格、我们的促销手段，只有了解得越多，才能带来更好的营销。

我跟马总汇报我的收获，他没有听完，就说："你把刚才这些，到我们年初中层干部会上做个报告说说吧。"

于是我又翻出我参加硕士论文答辩时穿的高级西装和皮鞋,在香山举行的中层干部会上,做了个几十页的PPT展示,讲述我们怎么利用现有的数据分析我们的客户,找到他们的特点,实现更好的销售管理和客户服务。

我讲完以后,全场都很安静。马总用满意的语气总结说,他安排我做这个报告,就是希望年轻人用创新的方式撼动一下固化的思路,新年带来新气象。

我很感激马总给我这一系列特别的机会,让我展现了才干。

这次会议之后,我被破格提拔了,担任企划部副主任。

就这样,三个月的时间,我从一个实习生一跃成为中层干部。我爸爸听说以后,很激动,他觉得他在关键时刻推了我一把是对的,他挽救了一个"失足"的全职妈妈。

企划部,是帮助领导制定战略规划的。我觉得做电视剧版权交易,把版权卖到海内外、出版音像以及组织展会,这样的生意除了分析销售数据,对节目销售之后的收视表现,也应该有观察、反馈和统计。

通过分析哪些节目卖得好,哪些节目播出效果好,可以引导我们多投入或制作哪些节目,形成一个正确导向,把业务做得更好。

于是我跟领导建议,我们是不是可以收集全国各个电视台各个频道播出电视剧的收视率数据,从中分析出每个电视台客户的播出情况,对我们公司销售的电视剧在当地的播出数据也可以进行分析,甚至由此可以掌握全国观众的喜好。

索福瑞是当时最大的电视收视率数据公司。当我去咨询他们的采购条件时,他们很惊讶,他们的客户都是各个电视台和广告公司,还没有节目公司来买过数据。

每年二十万！还是索福瑞给我们的特殊优惠价。

我跟马总说了收视率数据的重要性，他说可以买。

公司花了这个钱，我很感动，也很心疼。我想我一定要做好收视率分析，寻找商机，怎么也要把这二十万赚回来。

于是我一头扎进数据库里，开始研究全国电视剧的播出情况。

一年以后，我被调到国内销售部，开始进行电视剧的销售工作。

那时的我，已经是对全国几十家电视台数百个频道电视剧的播出情况都了如指掌的人了。

每年春天，公司都会请全国客户来参加节目推介会。我发挥了在俄罗斯当导游翻译组织会议的经验，跟同事们一起招待客户，晚上搞活动，还可以上台主持节目。

我跟客户聊天，我对他们频道播出过哪部剧，播了多少数据，比他们自己了解得还详细。同时我还可以帮他对比同一部剧在其他省份电视台的播出情况，他们听得津津有味。

关于怎么给一部新的电视剧定价，是一个技术活。

客户总是习惯砍价，我头头是道地说："就像我学经济的时候，我们讲无形资产怎么定价，无怪乎就是这三种办法，一是收入法，一是成本法，一是对比法……"

客户说："这个小姑娘有意思，还给我上课。"

我当时负责的是销售二轮电视剧，就是重播剧反复销售。

我跟客户说："我发现你们频道啊，播出古装剧特别好，我这里呢，按照唐宋元明清的历史顺序，准备了八部古装宫廷剧，你们可以连续排播，这样观众就可以顺流，收视率也容易稳定。"

客户说："这个小姑娘有意思，说得还挺有道理。"

于是我把节目库里的老节目打包成各个系列:军事系列、喜剧系列、农村系列、宫廷系列、家庭系列等。

不要把销售当成一次买和卖,而是站在客户的立场,帮他们解决问题,优化排播,推高收视,他们购买的就不是一部剧,而是一套解决方案。

客户说:"这个小姑娘有意思,合同签了吧。"

以前重播剧一年只有两千万元的销售额,我接手的那一年,即2006年,实现了四千万元的销售额,足足翻了一番。

在整理节目资料的时候,我还发现了一部老剧,只实现了一次销售后,就再也没有销售记录了。这部剧叫作《今生今世》,是马景涛、周海媚主演的。我读高中的时候看过,当时还挺喜欢的。

我问同事,为什么这部电视剧后来不卖了,同事说好像是母带有问题。

我再去节目部查这部剧,得到的反馈是,这部电视剧的母带技审不合格,不能出库。

这也太可惜了。母带可以修复吗?

我又问:"这部剧是哪家公司制作的?还能不能找到制作方?他们手里会不会还留着原始的母带呢?"

同事们说,这是跟台湾合拍的剧,制作方估计不好找。

我仍不死心,搜寻资料,知道制作方是台湾杨佩佩工作室。我再查杨佩佩,最近的消息是她要跟浙江某某公司合作拍剧。我通过浙江电视台的客户,找到了杨佩佩老师的联系方式,给她打了电话。

她说她在上海定居了,公司母带库里的确还有一套《今生今世》的带子。

于是,我说服杨老师,拿到了这套带子,花了八万元重新做了修复,然后老剧新卖,卖给了十几家电视台,带着两位主演参加发布会,营造宣传攻势，最后创造了一千万的销售额。

因为没有需要摊销的制作成本，销售额全部是利润额！这一下真的发了！

化腐朽为神奇，领导们都很高兴。

而我也因此被评为当年中央电视台的优秀员工。

正在我得意扬扬之时，公司管理层发生了变动，我的直接领导换了人，而她认为我不适合做销售，安排我去负责引进剧的采购。

我有点愤愤不平，为什么说我不适合做销售呢？我虽然不会在饭局上给客户敬酒，也不会称兄道弟拉关系，但是我会动脑筋呀，业绩那么好，难道不正说明我是优秀的销售人员吗？

成绩被否定，这对我来说，是一个很大的挫折。在我成长的道路上，很少有被无端否定的经历。

我第一次萌生了想要辞职的冲动。

但是去哪里呢？还在不在这个行业呢？要不要出国读书呢？再学什么呢？孩子怎么办呢？

2007年初，公司派我作为领队带着十几个电视台客户去美国参加电视节。出国、会务、翻译、论坛，这些事情对我来说都很简单。

但是我心中的烦恼一直在翻腾。旅途中，我跟四川台的客户吐露了心声，他劝导我的这番话，我至今记忆犹新："在这个世界上，所有的国家，都各有各的问题，所有的行业都各有各的问题，所有的公司都各有各的问题。没有完美的世界，我们要学会适应它。"

原来我以为，努力就能得到一切，我得到一切，大家就会喜欢我，表扬我。

现在我明白，不是我努力，就能获得认同。

我要尝试和问题相处。身段柔软，也是一种成熟。

美国电视节的论坛结束后，我们还有一个三天的游轮行程，从洛杉矶上船到圣地亚哥再到墨西哥，最后回洛杉矶。十几个人在游轮前办登陆手续的时候，大肚子老船员叫停了我们。大部分客户手里的美国签证都是多次往返的，只有成都领事馆办签证的两个客户，是单次往返签证，而这个游轮行程偏偏有一站在墨西哥，等于出境美国再入境美国，单次往返的签证，就不够用了，所以按规定，这两个四川来的客户，不能登上游轮。

我听完老船员的解释，心想这下糟糕了，这两个客户不能跟团，这三天他们去哪里呢？谁接待呢？费用谁来出呢？安全怎么保证呢？

我打电话给国内的旅行社，问他们可不可以出面跟游轮公司协调，但是因为时差和越洋通信的问题，沟通变得很慢。

我让其他有多次往返签证的团员先上船，我陪着这两个客户，在休息处等国内回复我邮件。

我虽然表面上保持镇定，不想打扰客户的心情，但其实心里烦躁极了，游轮马上要开了，感觉没有人指望得上。

我突然想起莫斯科大学的阿拉奶奶说过："你想跟人沟通，就一定要以对方舒服的方式。"

我打算把我的难处跟美国船员和盘托出，求得他们的帮助。

我把箱子里带来的名片盒小礼物拿出来，满面笑容地走向大肚子老船员，我跟他说："我们是来自中国的电视台工作人员考察团，参加完电视节后也想来体验一下游轮旅行，但是因为领事馆在中国各地政策不同，同样的资料给的签证却不一样。拿到单次往返签证的客户真的没有移民倾向。如果不让他们上船，作为领队，我将非常麻烦。我可以保证我们的客户绝对会在统一的行程里,不会滞留美国,请您相信我。"

也许是我真诚的眼神打动了他,他接过礼物和旅行资料,看了看,思考了一下,最后说,他去争取一下。

我和客户们等在外面,真是度日如年。他们说:"你这套谈心术,可能在俄罗斯有点用,但在美国,人家是讲规则的,肯定不行。"

大约过了半小时,老船员从办公室走出来,跟我说:"你们都上船吧! 我相信你们!"

哎呀! 太高兴了! 我说:"太感谢你了!"老船员笑起来,还给了我一个拥抱,祝我们旅行愉快。

我带着四川客户上船,跟大部队会合了,大家都很激动。

我想起在垦丁那晚,我们用歌声把月亮从云层里唱了出来,心里渐渐明朗起来。

回国以后,我沉下心来,留在国内销售部继续做副主任,接手引进剧的采购工作,开始跟不同国家的电视台和发行公司打交道,采购国内观众会喜欢看的电视剧。

因为我的英语不错,对国内电视剧市场也很了解,很快就建立起采购的标准来。

那时韩剧非常火爆,基本上都要预购和竞标,风险也很大。泰国电视剧是新起之秀,被中间商围堵得很厉害。港台剧也需要引进指标,供应商很稳定,但是价格都不低,需要甄选和谈判。

以前觉得销售压力大,要鼓起勇气大胆推销,也要忍受被拒绝的尴尬,更多时候还要不停地催款。大家公认:赚钱总是辛苦的。

但是我很快发现,引进剧很不好干! 虽然是花钱的工作,但是花钱买了什么剧,能不能通过审查,最后卖不卖得掉,整个链条很长,环节很多,考验很大。

喜欢挑战的我并不胆怯:"要花更少的钱买更好的剧,再赚更多的钱。"很快,机会来了。

我在一次电视节上,看到新加坡新传媒公司正在推荐他们的台庆剧《小娘惹》。海报上,娘惹服装符合传统审美,同时也很新颖。我研究了一下,郑和下西洋把宫女带到马来西亚以后,宫女跟当地的土著所生的孩子,男的叫峇峇,女的叫娘惹。而这个《小娘惹》就是讲华人后裔的传奇爱情故事。新加坡很多编剧都是当年从香港迁徙过去的,所以整个故事也带有港剧的叙事风格。

我要了三集样片,带回来研究。

第一集,四十分钟的时长,竟然有半小时在科普娘惹文化,快结尾的时候才正式讲故事。

这样的片子,观众怎么会有耐心看呢?看电视剧的观众不会想看纪录片的。

我明白为什么这部台庆剧少有人问津了。

我研究了后面的样片和剧情,觉得可以出手了。我跟新传媒公司说,我们公司有兴趣买,但要允许我进行剪辑。新传媒对我的热情受宠若惊,报了一个很合理的价格。

我跟公司说,这部片子我打算重新剪辑,把前两集结构打乱,加快故事节奏,只要故事开头好看,能把观众带进去,后面的收视,我觉得是没有问题的。

公司批准了我的想法。买来片子,我自己跑到机房去剪辑,说来也有趣,虽然是第一次指导剪辑,但我好像还挺懂的,知道哪个镜头接哪个镜头,很快前两集就剪完了。

片子引进中国以后，卖得非常好，销售价是成本价的八倍，利润足足的。

过了好多年后，偶尔在商场听到《小娘惹》的主题曲，心里依然有着满满的成就感。

买冷门国别的剧，重新包装剪辑，这是我琢磨出来的新策略。如法炮制，我又找到了菲律宾GMA电视台，我的同事从几十部片子里挑出两部，我仔细研究了一下，发现《美人鱼Dyesebel》这部现代神话剧非常有意思，女主角是菲律宾西班牙混血，长得符合中国人的审美，演的又是美人鱼这样的全球性题材，故事设定也很有情节性。

蓝天、白云、大海，风情万种的美人鱼，如果在看不到大海的内地卫视暑期档播出，收视率应该不错。

公司同意了我们的购买申请。菲律宾电视台给我们的价格相当优惠。

通过国际电台找到了菲律宾语的翻译，译着译着，觉得很多台词都啰唆，剧情拖沓的地方也不少。

我跟配音导演一合计，干脆把后面的剧情做了大调整，台词根据基本嘴形进行重编。

全部译配完成后，顺利通过审查，《美人鱼Dyesebel》在云南卫视暑期档播出，收视率表现亮眼，公司获得了丰厚的利润。

之前因借用《今生今世》母带认识的制作人杨佩佩跟我说，她打算翻拍她之前的三部作品——《还君明珠》《春去春又回》《侬本多情》。这三部剧都是我小时候看过的，剧情依旧历历在目。

我说："如果你信任我的话，就跟我们公司合作吧。"

杨佩佩老师觉得我做事认真、头脑灵光，便答应跟公司谈谈。

很快，双方就达成了合作协议。三年内，公司连续投资制作了这三部戏，而我也经历了剧本围读、遴选演员、制作拍摄、剪辑包装、发行宣传的全过程。

两边都赚到了钱，完成了愉快的合作。

我从销售、引进，转型到了投资制作，我感觉工作的主动性得到了进一步的发挥。

记得有一次在《依本多情》的剧本围读会上，我在讲一场戏怎么改的时候，说得声情并茂，导演突然停下来跟我说："黄澜，你很不得了的，将来会是个人物的！"

我一愣，觉得话题出戏了，有点尴尬，还是继续讲剧本吧。

等会开完了，我静下来，突然意识到，似乎在讨论剧本的时候，我最如鱼得水、意气风发。

谈戏剧，比我学数学自如，比我说外语自信，比我谈买卖自在。

三十岁的时候，有一天，走在回家的路上，我想着孩子们还在家里等我呢，我要快快回家。包里还背着连夜要看完的剧本，我对自己说："黄澜，你要跟时间赛跑啊，完成更多的工作！"

北方的冬夜黑得好快，墨漆漆的天空是那么遥远，让人感觉有点孤寂。

我抬头找星星、找月亮，但都没有找到，只有无尽的苍茫。

宇宙啊，依然无垠浩瀚，深不可测。

我深深吸了一口气：我们活在这个世界上，是不是真的要找一个答案呢？

我从未停止问自己。

在这个世界上，如果真的存在一个绝对的答案，那它是一个公式吗？是一句咒语吗？是一个会说话的神吗？

如果真的有一个最终可以用A4纸打印的答案，大家传阅它，背诵它，铭记它，那么人生还有什么意义，这个世界该有多么死板和无趣！

人生的意义，也许在于去追寻一个并不绝对的真理，我们无限接近它，但永远也无法参透和得到它。

追寻的本身就是生命。

想到这里，我如释重负，感觉放下了过去所有自我拷问的焦灼。

我不再寻求终极答案了，我要享受探索生命的过程！

决定了，总有一天，我会成为一个戏剧节目的制作人，用我的创造力点燃作品。

我要联合更多跟我一样的人，用非凡的热情和努力，来拥抱这个充满未知和变化的世界！

五年以后，我第一部署名制片人的作品，获得了"白玉兰"最佳电视剧金奖。

十年以后，我制作了十部，共计四百多集的电视剧。我的妈妈看，姑姑们看，阿凤阿姨看，同学们、老师们看，曾姐看，胡老板看，同事们看，导演看，杨佩佩看……

可惜最爱看电视剧的奶奶已经走了。

想起童年时，奶奶在客厅看电视剧，我在卧室里边写作业边竖着耳朵听；现在，我在制作电视剧，奶奶会不会在天上看我呢？

宇宙无限大，什么都有可能。

而我相信，爱可以超越无限……

黄澜

2022年3月7日初稿

2022年3月19日修改

第一章

01

我做我自己，不欠任何人

我们怎么走到了《我的前半生》

2011年,我刚进公司的时候,曹总(曹华益)让我联系一位编剧,我费了一番周折找到她,虽然后面没有谈成合作,但是在信马由缰的聊天中,她提到了一部对她产生过重大影响的小说:亦舒的《我的前半生》。

曹总看了小说,也非常喜欢。直到今天,我都记得他复述小说里的精彩情节时眉飞色舞的样子。我曾在中国国际电视总公司从事过三年的引进剧购买的工作,我看过大量韩剧、港台剧甚至泰剧、菲律宾剧、印度剧。我知道"离婚女人自强不息,重获爱情"是全球观众都喜欢的颠扑不破的故事模式,所以我觉得《我的前半生》特别适合改编成电视剧。

曹总迅速购买了这部小说的电视剧改编权。

在之后的一年多时间里,我联系了很多编剧,但真的不是所有人都对这部小说有创作冲动。有的都已经签约了,之后又解了约。他们说:"我们对这个命题究竟要说什么,想了很久,但没有想透。"当时我有点挫败感,同时也懂得,一味强调这是流行故事梗,仅以这样投机的说法并不能真正说服创作者。

每一部艺术作品,都是一段心灵史。

如果没有灵感的迸发,或是内心的共鸣,又何必为写而写呢?我特别尊重有自己坚持的编剧。

曹总说，再问问其他人吧。

于是我找了刚刚写完《辣妈正传》的秦雯。2013年1月，秦雯发了一条微博："前几天跟王老师说了《我的前半生》的故事，今天大叔他一边开车一边问，那个《我的下半身》后来呢？"

看到这条微博，我就觉得她对这个故事是有兴趣的。

等《辣妈正传》拍摄完成，2013年7月，秦雯正式开始进入《我的前半生》的改编创作中。我们热爱的策划人李晓明老师全程指导，合作超默契的沈严导演在完成《辣妈正传》后期后，也加入剧本策划的讨论中。

我们四个人就这样从2013年开始，一起走过了漫长的近三年的剧本创作期。

秦雯很了不起，《辣妈正传》之后，有太多人去找她合作，而她坚定地留在了《我的前半生》，用一整年的时间完成了分集大纲，又用一整年的时间完成了25集的剧本。

我大学毕业时曾经梦想去管理咨询公司工作，虽未得偿所愿，但对其业务有一定了解，因此提议把职场背景放在咨询公司。为了尽可能地疏通商业逻辑，这两年时间里，我和秦雯做了很多职业采访，去市场调研公司、咨询公司，找各个级别的工作人员面谈，画公司组织结构图，了解薪酬水平和生活方式，还收集了各种案例的PPT。秦雯更是买了有关管理咨询以及日本料理的书籍，发挥她的学霸本性，做了充分的案头工作，营造相对真实的职业感。

但是写到最后几集时，她卡住了，前后几稿，停停走走，用了近半年的时间。

是的，从一部香港几十年前的小说，到表现当代社会婚姻情感的电视连续剧，编剧要彻底解决本地化改编的问题，就必须重新设定人物、人物关系、故事结构,甚至主题走向。

开篇女主人公的"离婚事件"可以抽取现实典型加以改造:设计成我们生活中常见的、带着原生家庭创伤的、处处充满控制欲的全职太太,嫁给传统价值观的丈夫,而丈夫爱上温柔贤淑女下属的情境。中部女主人公"自强不息",可以用职业采访来设定升职路径,从收银员菜鸟到销售高手,再去市场调研公司,最后走到咨询公司,完成相对写实的励志变迁。后部的情感历险,把离婚女人的现实遭遇落在"经济适用大暖男"和"职场渣男上司"两个典型人物身上。但是到了结尾,如何实现"新的爱情"变得棘手起来。之前为了凝聚故事主线,设计小说中的闺蜜变情敌,但是要突破这样的爱情障碍有点难。

当丈夫有了婚外恋人,我们可以说,婚姻其实与第三者无关,两个人的婚姻是两个人的问题,不要推卸给其他人。而两个人的问题,又往往先要解决自我的问题。但是,剧情发展到妻子离开婚姻重塑自我,又和闺蜜的男朋友倾心相爱,她曾在婚姻中遭遇第三者,如今自己又成为感情中的第三者,这时她该如何面对内心挣扎?而他又该如何决定?这里面暗含的是我们也没有想明白的新的价值观导向。

李老师、沈导、秦雯和我,我们四个人从《辣妈正传》到《我的前半生》,一起走过了五年的愉快时光,终于到结尾部分,各自有了主意。

秦雯认为生死与共的闺蜜情无法背叛,李老师觉得要男人承担,沈导觉得男人甚至可以牺牲,我觉得没有什么事情可以阻挡你情我愿。

之后每次开会都是各说各的,统一不了方案。秦雯还拉我去采访了陈道明老师。其实到了开拍的时候,演员们也都各执一词。

但换个思路,观点争论,不正是一部现实题材剧所必备的元素吗?

秦雯改了好几稿之后,发现众口难调,还是自己咬紧牙关克服,做出了一个男人又有承担又做牺牲、女人又有表达又做谦让的完美方案。

其实跳出所有的道德批判,跳出故事的情节局限,不管怎么选择,人物最终都要走向情感独立。

在主题走向苦苦挣扎的胶着期,曹总一直乐观而又坚定。在他的主持下,我们凭着20集的剧本就获得了东方卫视的预购合同。同时我们一直在争取靳东和马伊琍的合作,他们对这个剧本给了很高的评价,并且对这两个角色充满了表演的热情。与沈导合作多年的陈道明老师也乐于助阵。张龄心、吴越、许娣老师纷纷加盟,邬君梅姐姐爽快客串。而最后沈导拍板定下来的是带来惊喜的袁泉和雷佳音。

阵容齐整后,北京卫视果断买下另一颗卫星的首播权。

2016年10月,经过制作人李小飙老师的精心筹备,我们迎来了热闹的开机仪式。

接下来拍摄期三个月的故事就要沈严导演来说了。反正我每一次去剧组,都是一派和美的景象。

随着剧的播出,我想要表达对Summer(夏天)的感谢,在一个加班晚归的夜晚,把我们带入咨询师的商业世界。感谢职业顾问Chris(克里斯),润写了所有职场戏份,还安排我们考察,在拍摄期依然给予指导。感谢H先生,在他的帮助下,导演、美术老师多次拜访咨询公司总部、市场调查公司。开拍前,他招待演员们一起参观公司、实地采风、茶会恳谈。

一部剧的诞生凝结了前期、中期、后期所有团队成员的集体努力。在此,不一一感谢了。

《我的前半生》创意诞生于2011年,2017年才跟观众见面,其间,我们的文学编辑文华都生了两个孩子啦。

我想,在如此焦躁的商业环境中,一个创作团队能有这样从容的时间来发展创作的快乐,要再次感谢老板的支持。

一部蕴含社会话题的作品能够完整播出,也要感谢浙江省新闻出版广电局和国家新闻出版广电总局的支持。

从读者共鸣引发商业动念,从故事吸引到价值观重建,创作之路上的每一个人其实都有收获。而在这六年时间里,从"辣妈"到"虎妈"再到这部剧,我也完成了从我前半生到后半生的价值观裂变。

我明白,情感独立意味着:人生不在外部世界求幸福,而是在内心深处学会接纳,并付出爱。

我不念过去,更不畏将来。

《如懿传》：我听这首歌还是会流泪

最后一集，如懿淡然地走了。乾隆暮年，白发苍苍。

他打开一个盒子，里面赫然是如懿情断时剪下的乌发。他颤颤巍巍剪下一缕自己的白发，放于盒中，白发乌发从此相叠。

这是男人最后的爱的归宿。

恍惚中，少女如懿翩然走来……

我又跟着网友哭了一场。

我经常在想，公司花了那么多年，集合那么多人，做一部那么长的电视剧，其间经历了各种艰辛。那么通过《如懿传》我们究竟要表达什么？

是描述帝王婚姻的兰因絮果吗？是哀叹古代女性命运的悲哀吗？是揭露帝王制度的残忍真相吗？

我的感受远不止于此。

且不说清朝乾隆年间的事情，就在当代，在我们一直以来的教育观念里，男孩子要出人头地，事业成功，恐怕是所有家长的基础期待：读好书，考上好大学，找到好工作，成就一番作为，最终成为一个对社会有益的人，这是我们教育中最普遍的公式。

那么对于女孩呢？我们听到最多的，除了读好书，考上好大学，找到好工作之外，加上更重要的一条，就是嫁到好人家，再生个好孩子。

夫妻恩爱，阖家幸福，仿佛是对一个女人成功的最高评价。

反过来说，一个女人再优秀，如果没有甜美的爱情，也是枉然。

林忆莲曾有一首传唱度很高的歌，叫作《不必在乎我是谁》，里面的歌词，我们听了都会背："女人若没人爱多可悲，就算是有人听我的歌会流泪……"

我们能否这样理解歌词：一个卓越的女歌手，很多人爱听她的歌，听了还会流泪，人气如此旺的她，却依然觉得自己很可悲，因为她没有人爱，没有人追。

所以概括起来，我们的文化鼓励男人追求成功，女人追求幸福。

男人不成功是窝囊废，女人不成功是本分人。

男人成功但不幸福，是钻石王老五；女人成功但不幸福，是没人要。

沿着这样的思路，我们来看看《如懿传》。主角是传统意义上的最成功的男人——皇帝，以及最幸福的女人——皇帝钟爱的她。

故事里男人只求成功，女人只求幸福。

乾隆反复说：朕是大清皇帝。

如懿反复表达：臣妾只求皇上爱我。

经常听男人们讨论，如果可以穿越，最想当哪个历史人物。有人一边喝着茅台，一边剔着牙说，中国皇帝里最羡慕乾隆，他从爷爷、爸爸那里继承了一个盛世，他拥有英俊的外表、无上的权力、健康的身体，他活到高寿，还坐拥美女无数，吟诗作画，郊游打猎，不亦乐乎。

87集的篇幅给我们讲了一个权力顶峰的男人如何在无法自我选择的人生中，经历挣扎，最后情感孤独。一个为爱而生的女人如何从死守爱情到对爱绝望，用死亡宣告解脱。

配着形只影单、白发苍苍的乾隆,林忆莲的那首歌应该这样唱:男人若没人爱多可悲,就算是皇上听我的歌也会流泪……

男人不幸福,成功也是枉然。

女人不成功、不独立,哪里会有人永远爱你。

我们不能把事业和生活对立起来,我们也不能把成功和幸福对立起来。

一个不幸福的人何谈成功?在追求事业的每分每秒里,他若是自我逼迫,心情煎熬,那这样的成功只要一个酒局就会演变成微博热搜。

一个不成功的人何谈幸福?如果实现不了自我价值,把所有的成就感都寄托于丈夫和孩子,依靠朋友圈秀幸福的妻子,丈夫的一次晚归都会成为人生的惊涛骇浪。

我们不能依靠所谓的外界评价定义成功和幸福。而真正能掌握的,是内心的独立、自爱。这跟权力、金钱、婚姻、爱情,通通没有关系。

我的儿子客串了《如懿传》里面的一场小戏,因为长得像黄晓明,意外上了微博热搜第一,为剧的宣传奉献了热度。我跟他开玩笑说,上微博热搜第一还不是因为负面新闻,真是全国难得。不料他的回复竟是:"哈哈,妈妈,这辈子我的'成就指标'算是完成了,余生我只求快乐即可。"

我想,如果成就与快乐对立,那我宁愿你是一个快乐的人,而不是成功的人。但是在妈妈的人生经验里,快乐的人往往有成就,至少于他自己,就是一个了不起的成就。

而我的女儿说:"妈妈,我不怕老,不怕死,不怕孤独,我就怕不快乐。"

我想,不论是谁,终其一生,都在寻求精神快乐,这样的快乐,是从自爱带来的被爱,被爱带来的大爱。

而一个母亲能做的,是引导孩子们从小就忠实于内心,寻找他们自己。

而我也一直在尽力摆脱世俗标准。在每一部剧漫长的成长过程中,品味、反思……直至走向精神的自由。

这次,我千转百回请来林忆莲唱《如懿传》的主题曲《双影》,她最后和张惠妹合唱了这样的词:"但愿我们永远走在光里,这一生如此多云,这一生从此无云。"

我听这首歌还是会流泪。这是成功混搭幸福的自由之泪。

女强人不用说对不起

今天看到朋友圈有人发了六十岁的山口百惠菜场归来的照片。发福的她,穿着老太太款的黑裤黑鞋,比起我国同年龄的广场舞大妈们,显得更为朴素。

山口百惠是我妈妈那辈人的超级偶像,尽管我出生不久她就宣布结婚隐退,但在我漫长的童年时光里,家家户户还在追看她演出的电影、电视剧。

她最后的那场演唱会,更被做成录像带,传播四海。我在表姐家看电视:美丽的山口百惠含着眼泪,慢慢地把话筒放下,搁在舞台上。这真是一个充满了仪式感的告别动作。

我问表姐:"她为什么要告别?""因为要结婚呀!"小学高年级的表姐很老到地回答。

原来,不管是多大的女明星,一结婚就要辞职,回家生孩子,原来是这么个逻辑。

我和表姐把头凑在一起看山口百惠的丈夫——三浦友和的照片,我觉得他是我见过的最帅的男人。为了那么帅的男人辞去工作,生几个小孩,大概是值得的。

同时期我们看到的童话故事《白雪公主》《灰姑娘》,讲的也都是美丽善良的女孩历经艰难,最后嫁给英俊的王子,去他的城堡过上了幸福美好的生活。《海的女儿》里的人鱼公主就稍微惨了一点,她自残自灭,最后王子娶了另一个美丽的女孩,女孩去他的城堡过幸福的生活。

东西方价值观无缝对接了一下,我们获得了一个女孩的幸福公式:可以不上班,嫁帅哥,住他家房子,给他生孩子。

再看看那时三班倒的我妈和她的同事们,一个个都是铁娘子、三八红旗手,发型不好看,穿着不好看,讲话还铿锵有力、掷地有声,生病了要上班,孩子哭了要上班,上班回来累得把脸拉得很长,跟电视里美丽优雅的女主角一对比,简直一个天一个地。

很小的时候,我们就打定主意,要做美丽温柔的不上班公主,不要当强势凶狠的三班倒女职工。

只可惜,我们的童话梦很快就被学校老师骂醒了,他们叫班里长得好看成绩却不好的女同学为"绣花枕头稻草心"。老师说,女孩子不好好读书,哪里嫁得出去?

我们一边拼命读书,一边强烈地自我怀疑,男同学真的喜欢学霸妹吗?这是班主任美好的愿望还是人性的真相?

事实很快证明,长得好看的"稻草心"都结婚了,而读书很好的女同学一直没有嫁出去。

作为学霸妹,我的内心一直非常纠结。我向往童话爱情,嫁给三浦友和,从此可以赖在家里不再奋斗,又觉得家长、老师教我们读书做人,自强不息,也有道理。

直到上大学去新东方学外语,被那里的鸡血打了一身:"追求卓越,挑战极限,从绝望中寻找希望,人生终将辉煌!"

我回来就给初恋男友写分手信,我说,对不起,我要去追求卓越了,愿你找到你的白雪公主、贤妻良母。

　　愚蠢的我，那时以为，女人有自我意识，追求自己的人生梦想，就违背了相夫教子的幸福公式，于是大义凛然地选择从此远离寻常幸福，让心上人寻找能为他付出牺牲的如花美眷。

　　那么多年过去了。经典童话也出了很多新编版本。

　　学霸妹嫁了人，生了孩子，又恢复了单身。我的女同学们，有的在生活的烟火味中体验幸福，有的在同床异梦的婚姻中苦苦坚持，也有的毅然决然当上了单亲妈妈，还有的一直没有结婚，逢年过节往群里发的红包倒是很大。

　　现在很多人都喜欢叫我女强人，大家的语气里有几分真诚，有几分讽刺，有几分嫉妒，有几分不屑。

　　我把妈妈辈的女职工焦虑模式，当成了女强人的副作用，现在发现，时代不同了，女强人也不一定非要三班倒，她可以淡定而从容。

　　我曾经无比向往山口百惠、三浦友和式的童话爱情，虽然他们恩爱依旧、岁月静好，但是，当我今天看到山口百惠的近照时，我确认辞职回家一辈子相夫教子到晚年，不是我想要的人生。

　　在很长一段岁月里，我以为我向往我成全的童话爱情模式，后来我知道，他们也走得非常辛苦。我们的人生原本也没有什么绝对的幸福公式，只有越来越明确价值取向的、内心越来越强大的你自己。

　　我曾为自己希望以及力图成为一个女强人而深深自卑过。现在我想，我的初恋男友原本喜欢的其实就是我的强大，当年我为什么要急于自我否定呢？

　　以前，我父母出去上班时会跟我说，他们要出去挣钱给我用，他们不挣钱，我就没有饭吃，而且他们不去上班就会挨领导批评。于是我觉得我需要他们那么辛苦挣钱给我花,我是一个不太好的孩子;我想爸妈就会连累他们被领导批评,我是一个不太好的孩子。

习惯了被否定,内心永远在自责,自我不接纳,就幻想有超越现实的童话爱情来拯救不开心。

现在,我出门上班时会跟孩子们说,妈妈很爱你们,但今天要去做自己热爱的工作,妈妈能创造很多社会价值,妈妈觉得快乐,并愿意回家跟你们分享。

我每次上台领奖的时候,想到我的家人,只有感谢,而没有愧疚。当一个女强人挺好的,我享受这个过程,而不用跟谁说对不起。

我做我自己,不欠任何人。

你整容了吗？

"你整容了吗？"导演当着大家的面，问女演员。场内气氛瞬间凝固。

"我怎么觉得你下巴有点儿怪，削过吗？"导演的表情是百分百的天真。

"没有。"女演员更不自在。

"你张开嘴巴看看，他们说削骨了，嘴巴里面会留疤。"导演真的只是科学探险。

女演员腾地站起来，气鼓鼓地走了。经纪人追了出去。

虽然这样的问法不常见，但在多年陪导演面试演员的过程中，我发现：几乎所有的导演都不喜欢整容款，也是因为大部分整容都不成功。

筹备《如懿传》的时候，汪俊导演和我见了2000名女演员，其中有一半是整容不妥脸，线条死板，肌肉僵硬。一些曾经很有知名度的演员，已经跟她现在的脸对不上了。

难得遇到一个演技过关、长相自然的，我问她："你的嘴唇动过吗？"

"当然啦，澜姐，这不叫整容，这叫微调。现在没几个演员不微调的！"她一口承认，落落大方。

对于整容这件事，演员的职业有特殊性，容貌决定前程，想要做点调整获得更好的上镜效果,心情可以理解,但为什么整容成功的概率那么低?

是不是因为整容技术诞生时间不长,技术淘汰又太快,抑或是因为捣鼓结构本身的行为违背了人体组织的基本原则?

反正见完2000名女演员后,我知道相比小概率的投机,大概率的遗憾才是家常便饭。人们死盯着那几个靠整容成功改变命运的明星,艳羡不已,也许是没有机会看到整容失败的愁容。

所以常常听其他剧组开玩笑,迎风而跑的女演员突然说:"停,停!导演,我鼻子歪了。"

花大笔银子,小心翼翼地找最好的医生,做决定演艺生命的整体调整,然后伴随地心引力的不断作用,每年再去与时俱进,实时更新。

这真是一条风险巨大的不归路呀。

那不当演员,对容貌没有绝对的生存依赖,是不是就没有整容的需求了呢?

当然不是。人们对美的追求是一种本能。

我出生在一个极度挑剔外貌的家庭。我家的祖辈,以揭露孩子的丑陋来表现不离不弃的亲情。我爸爸的单眼皮被他父母以及三个妹妹奚落成全家最丑。我出生时又被我爸报复了,他编了一个杭州话顺口溜损我:皮肤黑,鼻头塌,眼睛朝里凹。

以至于十岁时,我对着镜子里的单眼皮,发出魔幻般的祈祷:如果我的单眼皮可以变双,我愿意长满雀斑!

神奇的事情发生了,小学毕业后,我的眼皮翻出了双儿,雀斑也爬满了脸。

我一个好朋友三十岁跑到韩国去拉了双眼皮,她告诉我,这是她这辈子做的最值得的事。我对此深信不疑。她的大眼睛妈妈嫁给小眼睛爸爸,一直心有不甘,又不能离婚,只好骂女儿小眼睛三十年。

我特别理解她。如果我没有拿满脸雀斑的毒誓换来双眼皮,估计也会去整个大眼睛,来弥补被折损的童年创伤。

她整的是自己的容,补的却是妈妈命运的伤。

于是我也决定补补我们家族自我贬低的内伤。眼皮随着衰老,已经从两层变成三层,没有什么遗憾了,我还能做的就是去掉我的雀斑!

美容院说他们能帮我搞定。当我躺在病床上,护士给我脸上涂上麻膏,医生笑容可掬地走过来时,我脑海中想起的是:"人为刀俎,我为鱼肉。"

医生拿着激光探头,在我脸上转了一圈,我每个毛孔都透出被残害的痛苦。我只好回放当年高中班上讨厌鬼喊我"雀斑大妈"时的委屈心情,以获得坚持的勇气。

那么,那些敢打麻醉,让医生把自己的嘴皮翻开再用锯子把颌骨削下来两块的人,内心深处该是受了多大的伤,才能如此这般对自己痛下狠手?

这些伤,来自我们的家人,他们指责我们不完美、不优秀、不成功。

这些伤,来自我们的朋友,他们说你长成这样,谁会喜欢你。

这些伤,来自我们的社会,他们夸大颜值的作用,甚至大肆说:这是一个看脸的社会。

我有一个直男癌朋友,他特别喜欢评价女人的长相,这个可以打80分,这个胸不错,这个就是个平均值。当他的女儿跟他说,"Daddy(爸爸),出钱给我整容吧",那一刻,他很崩溃。

我觉得这是因果。

当我们把容貌强调到首要标准的时候,其实是对自己是一个有精神力量的人进行了否定。我们内心该有多片面地认识了自己,才敢这样去框定别人!

而一个希望通过整容获得更多肯定和自信的女儿,也许她心里只是想要对不完美的接纳,想要父亲更包容的爱。

而给予我们生命的父母,他们在多大程度上接受了我们的容貌?整双眼皮的朋友,她的妈妈没有接纳她是美丽的孩子,我的爸爸也没有接纳我是个美丽的孩子。我们成年后在外貌上做出的努力,无非是想要听到出生时没有听到的那句话:这个孩子是我们爱的结晶,他是多么好!

也许此刻我们的父母万分委屈,在他们成长的历史环境中,有人被说成是从垃圾桶里捡来的,有人被嫌弃还是不要生出来的好,有人被指责出生就给家庭带来了厄运。他们在各种斥责声中长大,他们咬牙坚持,并理所应当地以为批评、挑剔子女的外貌是一种谦虚,是对子女们后天更加努力的鞭策。

"长得那么难看,再不读书以后谁要你?"

"长得好看,不能挣钱说什么都是白搭。"

我在小时候,听过太多这样的话语,挫折教育、贬损文化,就是人为地造成负面的暴力语境,让我们清醒地认识到自己的渺小、自己的不足,然后拼命努力,达到家庭和社会更高的要求。

从评判我们的外表开始,蔓延到指摘我们的行为,通过打击孩子的自信达到输出正确标准的效果。

这其实是一种强权教育意识。

而这种强权本身又是多么不确定。从外表不被重视的过去,到过度放大颜值的现在，我们失去的一直是民族的自信。带着家族传递的世世代代的怀疑和焦虑，在各种标榜的现实标准之间摇摆。

《非诚勿扰》舞台上来过一个每年都要去整一整的男嘉宾，他越变越帅，却依然言之无物，毫无自信。他每见到一个人，都要去想，对方觉得他帅不帅，对方还有什么地方也可以整一下。

还有的女嘉宾，用夸张的美瞳，森森的黑眼珠直愣愣地瞪着。她说她也是没有办法，因为开了眼角，眼睛变大了，但黑眼珠还是那么小，不戴美瞳扩大黑眼球的范围，巨大的白眼球会吓到别人。

看着他们满眼的创伤，我想，我们每一个人内心深处如此渴望安全和被爱，但我们做的事情，却指向了不安全和不自爱。

我们能不能把内心的焦灼放一放，改一改我们固有的说话论调，不用大眼睛去贬低小眼睛，不用瓜子脸去蔑视包子脸？我们能不能用多元审美观去包容生命的多样性，能不能不再强调绝对标准和唯一正确，去破坏对个性和自由的尊重？

冬天我去滑雪的时候，俯冲速度过快，身体失去平衡，凌空飞起，右脸重重地砸在冰面上。那一刻我最真实的感受是：糟糕，我的眼睛不会失明吧？我的脸不会毁容吧？

我支撑着坐起来，缓缓睁开眼睛，映入眼帘的是漫天遍野的白雪，我还能看见！只要能看见，就算脸歪了，我也认了！

那一个多月我伤着一只眼睛行走江湖，收获了很多旁人的惊吓、恐惧、同情和关心。如果不是他们的表情太夸张，颜值受损这件事情，好像对我的工作、生活以及内心没有什么影响。当然他们的反应只是他们的事情，我也可以无所谓。而我在乎的是手术前后躺在病床上，感受到的仰视生活的新角度以及亲友们真切的关怀，那是最充盈的幸福。

眼睑下多留一条疤,变成一道独特经历的蜿蜒痕迹,提醒我:爱,不在于你眼睛的形状,而在于你眼里的光芒。

当我从眼眶骨折修复手术台上爬下来的时候,看到镜子里被缝了三层的伤痕累累的右眼睑,我想,我能接受生命的任何样子,我不需要整容也能活下去。

我只需要自己给自己点一个赞而已。

对让自己快乐的决定负责，我累但是我愿意

我们行业经过上半年的沉寂，火热地开始恢复生产。

我呢，在制片人艰难的成长道路上，又开始了新的探索。我一直想拓宽自己的制作领域，尝试新的类型、新的题材、新的角度。

我深深以为，创新是制作人唯一的生命动力。

只是创新，因为没有历史数据可以参考，于是意味着一定程度上的风险。因此，我需要更努力地奋进：一方面要勇敢地摸索，直面不确定；另一方面要让合作团队相信，我们尝试的方向是有希望的。

这几个月来，我把每天的日程都排得满满当当，以至于下班回家累得像狗一样，趴在沙发上不想说话。

这个时候难免脾气就上来了，对工作、生活上的小失误显得没有耐心和包容心，比如接到不合时宜的推销电话、收到带着错别字的报告、小孩拖拖拉拉耽误网课……

如果一个人对自我发展有要求，同时还想要愉快的心情，这真是一件不容易的事情。

周末，约上几户邻居，带着小孩去农家小院小聚，邻居都有一样的感慨。如果你想要工作上进，就免不了加班出差，遇到困难，心浮气躁；

如果你想要小孩努力学习、管理时间,就免不了正面管教未果后变成训斥、威胁、拉长脸。

我看到辛苦开车的老父亲到了景点想给女儿拍照留下美好回忆,结果他女儿在镜头里执着地朝天翻白眼。

我看到辛苦背包的老母亲一到农舍就给儿子接通Wi-Fi上网课,结果儿子说看小朋友在旁边玩他完全学不进去,又惹一场不高兴。

我们那么累,但是我们很不高兴啊。

说这话的时候,我想到了那个大家都见过的经典场景:妈妈一边弯腰一遍遍地拖地,一边嘴里唠唠叨叨不停地抱怨,不是说"一个个在家里住着,那么多家务活你们怎么都好像看不见",就是说"我每天拖地那么累,你们进屋还不脱鞋,只能怪我命不好呀"。

那个辛苦但不快乐的妈妈,真是我们每个人心中又疼又爱又烦的存在。或者说,我们每一个人的内心,都住着一个辛苦但不快乐的自己。

几家父母跑到院子里,搬出椅子,摆上小桌,泡上茶水,开始吐槽彼此辛苦的人生,从海内外政治形势说到各自工作的中年险境,再从孩子高昂的教育费用说到目前潜在的投资机会。

看大家在娴静美好的农家小院,还依然说着都市生活的种种烦恼,我果断地推开养生茶,撕开一包给孩子们准备的薯片:油炸食品真香脆!

我问大家,如果现在你们突然获得一大笔钱可以用来个人消费,你们会做什么呢?

大家紧锁的眉头突然舒展开来,眼神中多了几分光亮。一个爸爸说:"我要拿来投资书店!"大家说不行不行,就是用来个人消费的,不能投资再生产。一个妈妈说:"拿来给孩子上学!"大家说不行不行,就是给自己用的,不能给孩子花。

这时居然出现了沉默。

我说你们不想好吃好喝、好穿好玩吗?

"哎呀,"一个妈妈说,"我对穿衣打扮早就没有兴趣啦,要不然就出门旅游,吃点好吃的吧。"

人生的欲望已然降到如此,大半生不停地想赚钱,钱生钱,敬父母,养孩子,说到自己怎么花,竟然想象力干涸了。

"我想要买一条狗。"终于,一个爸爸开口说。

"我想要安稳的睡眠。"

"我想要回到儿时的快乐,喝一口可乐也能高兴很久。"

说着说着,我们又撕开了一包薯片,大声嚼起来。

"那你想要怎么花呢?"一个妈妈问。

我说:"嘿嘿,我想买新裙子!我想去海边玩!我想去写生!……"

但此时此刻,我内心深处又蹦出一个顽强的愿望:我要我的新片有新气象!我要我的专业能力达到新境界!

我做过那么多女性题材的电视剧,我现在想从男性视角展开,讲述他们的家庭故事和人生况味——跑到男人们的心里去看一看,那里究竟是一片怎样的风景;我做过很多情感戏,跟观众分享,情感是多么珍贵和重要,但我目前特别想做职场剧,因为我发现,我们没有办法脱离工作谈爱情。人在社会里的工作和生活,方方面面,休戚相关。

这些涌动着的好奇心和表达欲,鼓舞着我,马不停蹄地采访、讨论、会见、谈判……

我要打破自己的思维惯性,要看很多不同学科的书,积累新类型作品的戏剧经验,同时在做决策的时候,还要面对自己的质疑:剧本真的成熟吗? 演员选择准确吗? 预算分项合理吗?

虽然这样的爬坡非常累心,可仔细想来,这不正是我选择要走的路吗? 我必须承担起每一个"我愿意"的决定。

上班很累,但我愿意;带娃很累,但我也愿意。既然是自己愿意的事情,就不要抱怨。如果思忖再三,不是自己真正乐意做的事情,比如非要在景区给孩子拍照,非要旅游期间给孩子上网课,可不可以不做呢?

对自己喜欢的事情,我们做加法;对不喜欢的事情,我们做减法。我想起我高中同学的太太很有趣,她居住在日本这样的家政圣地,却明确地表达她喜欢上班,不喜欢做家务。于是每天早上让两个女儿自己用面包机烤面包吃,放学回来路上自己买点晚餐。

"那洗衣服怎么办?"我问她。

"让小孩把所有的脏衣服放进洗衣机里洗。"她笑眯眯地说。

"衣服洗完,需要晾呀,你不做吗?"

"不用晾衣服,用洗衣机的烘干功能。"她依旧笑眯眯。

"那衣服烘完了,缩水变小了怎么办?"

"提前买大一号的衣服。"她笑得更加平静。

我对她真是佩服至极。想想多少妈妈变着法儿做好吃的来帮小孩开胃;小孩稍微一驼背,她就准备好了手掌在孩子后背拍拍;孩子晚上睡晚了,第二天睡眼惺忪地起来,妈妈恨不得连早饭都喂给他吃。

我在想,既然又累又不开心,是不是可以换个思路来重新生活?

假如爱唠叨的妈妈真的不拖地板,接下来家里会怎样? 会彻底崩盘吗?

假如做家务的妈妈不再唠叨,我们又会变成怎样呢?我们会快乐吗?

也许我们能做的,只是自己当下每一个乐意的决定吧。

我吃我的薯片,继续我的电话会议,路过女儿的房门,问她明天去不去小区上篮球课……

我美滋滋地想,我对让自己快乐的决定负责,也就对其他所有人都负责了。

微笑着,减负前行吧。

第二章

02

我的独立，

从澄清了婚姻的

误会开始

我和婚姻有个误会

"我们离婚吧!"我说。

这是我第二次提离婚。

第一次提是在三年前,那时儿子读小学,女儿正牙牙学语。王律师笑眯眯地看着我说:"你别总嫌我忙、不顾家,咱俩都三十出头,你已经生育俩娃,如果离婚,谁在婚恋市场比较受欢迎呀?"我看了看我肚子上松垮的皮肤,叹出一口长气,在微博上写下这段文字,聊作自我宽慰:

> 我想通了,我对婚姻所有的不满意只因为我永远当自己是莫斯科大学当年一枝花,当王律师是深闺无人识的懵懂男。十年,足够改变任何供求关系。现假设我是拖着两个孩儿的离异女人,遇到一个对我一心一意、对娃视同己出的王律师,我该做梦都能笑醒。把首婚当二婚,把二婚当三婚,婚婚皆美。

转眼几年过去了,用供求关系的倒错来自我恐吓,依然解决不了婚内的情感不满足。

王律师认真而严肃地问我:"你到底要什么样的婚姻?"

我愣了一下,当年我们仓促结婚时,完全没思考过更没讨论过这个话题。

我想要什么样的婚姻?这个问题在我脑中发出轰鸣。

我稍加思忖:"我理想的婚姻模式是杨绛、钱锺书,你写书来我作序。"这是我能想到的最让我羡慕的夫妻典范。

听完我的回答,王律师也是一愣:"可我以为,婚姻就是搭伴过日子,我身边的人都是这样过的。"

原来我们对婚姻一直有个误会。

婚姻于我还有爱的理想,而于他,更多的是现实的生活选择。两个人对婚姻的期待不同,自然努力方向也不同。

那要不要为两个孩子再将就呢?让一双可爱的儿女成为承载社会偏见的单亲家庭的孩子,我们心中不忍。"你选爸爸还是选妈妈?"这简直是我们小时候的噩梦。

英国闺蜜凯丽打电话来说,孩子在乎的不是父母是否有一张证书,是否在勉强维持家庭的完整,而是父母本人是否快乐,是否能勇敢地正视问题,是否一如既往地爱他们。

我细思,极是。

就这样,我们协议离婚了。

而翻滚的痛苦,却在离婚后将我吞噬了。对于生活中缺少陪伴,在十几年聚少离多的婚姻中,我是早已习惯了的。那是什么让我心情低落,茶饭不思?

在迷惘中,我跟编剧小薛去香港出差。她说没去过迪士尼。于是我们抽了半天时间跑到迪士尼,颤颤巍巍地爬进过山车的肚子。我们相互安慰,害怕就高声尖叫,谁也别笑话谁。

于是,在天旋地转眼前一片黑暗的时候,我心里的恐惧忽然异常清

" 我不念过去,"
更不畏将来。
————黄澜

晰地冒了出来：少年夫妻老来伴，离开了丈夫，我好害怕我会孤独终老呀。

每次读张爱玲，我都会想到才华横溢的她却客死他乡，死后多日才被发现，多么凄凉。

老而孤独，原来是我心底深处最大的恐惧。

我越想越怕，就在过山车里声嘶力竭，吱哇乱叫。天哪，我从来没有那么号叫过！当车停下来，我面无人色地走出黑暗，发现室外一片光明。

我在恍惚中安静下来，人生而孤独，而婚姻能挽救孤独吗？

我的爷爷奶奶、外公外婆都是少年夫妻，可是男人的寿命普遍比女人短，爷爷和外公都走了，奶奶和外婆还是老而孤单。

在奶奶下葬的南山公墓里，一眼望去，那些夫妻合葬的墓碑上，右边的丈夫姓名都被涂成了死亡的红色，而妻子的姓名还是生命的黄色。

白头偕老，也架不住自然寿命不能完全同步，最终依然天各一方。看来，孤独实在是我们每个人终生都要面对的问题，躲到婚姻的屋檐下求安全，这也是对婚姻的不公平。

从香港回来后，我和前夫买了一本"如何跟孩子谈离婚"的书，学习之后，安排了一家四口的饭局。

"爸爸妈妈因为相爱而结婚，因为相爱而有了你们。但现在我们对生活的理解有了不同，决定分开生活，但是我们对你们的爱不会减少。我们对彼此的优点依旧欣赏，对我们自身的缺点也会不断改进。"

儿子听完以后真诚地说："给你们点个赞！"

女儿问："那我跟谁一起生活？"

"你跟妈妈、哥哥一起。爸爸依旧像过去一样，周末回家陪你。"

女儿放下心来说:"好吧!"

得到了孩子们的接纳后,我跟其他家人说了我们的决定。

婚姻本来就是一种客观存在的可选择的人际关系,而关系是两个人互动的结果,是流动中的平衡,它不是所谓的人生成功的标志,更不是绝对安全的避风港,它不承诺幸福,更驱赶不了孤独。

什么是婚姻呢?我想那只是一种因为爱而选择的承诺。

我的独立,从澄清了婚姻的误会开始。

男人出轨回家,你还开门吗?

演艺圈好男人出轨的消息频出,那些曾经被伤害过的妻子以及为将来入坑未雨绸缪的女人,都在网上纷纷谴责渣男,惊起一滩鸥鹭。

为了一个男人,妻妾互撕,仿佛他是一个天上有、人间无的战利品,非要拼个鱼死网破,勇拔头筹。

血雨腥风的何止演艺圈,哪个圈里没有这样那样的绯闻八卦。

名誉、地位、利益、欲望、爱情、子女,撕来扯去,最后成了激情燃烧的岁月,或是一地鸡毛的过往。

去年秋天,我去乌镇参加戏剧节,夜幕降临,悠悠河边,灯火摇曳。我听身边几个男人在说心里话。安静听了一会儿,发现他们说的是一个主题,叫作"出轨回家"。

爱情是占有还是成全?

当时的爱情,无一例外都是天雷地火,令人心驰神往。之后的三部曲流程是:老婆以死相逼,情人无奈出走,男人隐忍回家。

我一直在心里默默地想,如果我是他家歇斯底里的伤痛妻子,男人灰头土脸永失所爱地回了家,我还会不会开门? 或者说,我还会不会待在这个家里,等待回归的丈夫?

我会想：他是真的因为爱我才回来的吗？还是为了父母、孩子、脸面、利益、生活习惯？我又为什么要忍受所有的背叛伤心？

接受他的回归，是因为爱，还是为了父母、孩子、脸面、利益、生活习惯？如果他爱我，又怎么忍心伤害我？如果我爱他，又怎么忍心看他痛苦？

爱情究竟是占有还是成全？

红玫瑰与白玫瑰

男人们继续倾诉内心：回归家庭后，夫妻倒是更加珍惜来之不易的平静生活，彼此照顾、牵挂。虽然偶尔看到情人的消息，心绪难平，但是生活是生活，爱情是爱情。

说到这里，他们惺惺相惜地碰了一下酒杯。

我想到了张爱玲的《红玫瑰与白玫瑰》中那段著名的台词，我们可以来温习一遍：

也许每一个男子全都有过这样的两个女人，至少两个。娶了红玫瑰，久而久之，红的变了墙上的一抹蚊子血，白的还是"床前明月光"；娶了白玫瑰，白的便是衣服上沾的一粒饭粘子，红的却是心口上一颗朱砂痣。

小时候我读这段时，会很自然地想：呀，我长大了要当红玫瑰还是白玫瑰呀？是激情浪漫昙花一现好呢，还是贤妻良母深水静流好呢？

现在想起来，觉得年少无知真可怕。

一个女人，是可以被这样割裂起来看的吗？人性丰富复杂，怎么可能被单纯地根据男人的需要,被定性成某种特定功能?

红玫瑰与白玫瑰,一个负责爱,一个负责乖。爱就是开心恣意,乖就是平淡如水。

两者一个向左转,一个向右转;一个门内,一个门外。

这样的逻辑好奇怪:难道爱和乖、幸福和安全、快乐和平凡,不是应该统一的吗?

每个女人都向往激情和浪漫,也喜欢宁静与安全。去海滩穿比基尼,回家穿睡裤,这是一个正常女人的基本能力。

我们在不同的情境中体验不同的情绪,而丰富多元的感受,让我们整合成为一个活着的、有思想的、有感情的、有适应性的人。

那为什么男人要僵硬地、分裂地区分女人的功能呢?

妻子在家带娃,小妾出门旅行;红玫瑰可以性感魅惑,白玫瑰必须衣扣严锁。红玫瑰代表人性本能的欲望,白玫瑰代表社会责任的承担。

原来在男人的心里,真实愿望和社会责任是对立的,两者是不能统一整合的。

压抑中的男人和女人

我们常常会看到走在人生巅峰的男人,突然传出性侵新闻,突然暴发抑郁症,突然公开场合胡说八道、情绪失控,突然日日醉酒、夜夜笙歌,还一脸灰黄。

他们心里真实的感受,没有人能够接纳,他们用责任、用道德把自己一层层裹起来,强行说服自己,压制自己,待在一个安全的壳里。在这个壳里,也许没有活力,没有快乐,但是有表情呆滞的安全,他们变成了一个个"乖宝宝"。

女人不也一样吗？我们压抑自己，躲进婚姻和家庭的壳里，不管身边的男人是否真实地爱着我们，我们借口为了孩子，为了一个完整的家，忍受着情感的煎熬，强忍着内心的矛盾，我们也变成了一个个表情呆滞的"乖宝宝"。

我们被塑造成了安全可靠的模式化产品，社会大生产上的螺丝钉。

当我们发现在世界经济版图上想要争取竞争地位，想从劳动密集型产业转型成高科技创新研发产业，不想依靠体力劳动赚钱，想在脑力劳动上创造价值时，我们必须面对的是，怎样才能更好地培养具有独立创新精神的人才。

创新的本质是：能够找到跟现有的"不一样"，能够在一堆"不一样"里锤炼出升华版的"真的不一样"。创新要我们勇敢提问，不怕出错，要我们找到自己的爱好，为了热爱而努力付出。

时代发展要求我们成为表情丰富、有活力、敢承担的人，而不是一个符合标准的"乖宝宝"。

快乐无罪，压抑才有罪

尊重人性、尊重人格，如果逆势而为，那就看看佟振保的人生故事，他以为的单纯乖巧的白玫瑰，还是出轨了小裁缝。

人性是无法真的被道德约束的，它只能被尊重。

佟振保感到痛苦，也无比挣扎，但张爱玲在结尾处写："第二天起床，振保改过自新，又变了个好人。"

晃着红酒杯，说完这个欠缺自我反思，只有命运无奈的回归故事，男人们还有点意犹未尽。这时妻子走过来打招呼，他坐得正了一些，表情有点不自然。

妻子转身走开以后,他忽然表情放松了一些,继续招呼朋友。

我透过灯光,看到他的脸上起了皱纹。

想想人生也很短暂。人的老去,不是绝对年龄的增长,是我们在精神层面开始恐惧改变,拒绝成长。

我想,我可以充分理解出轨回家的男人,他们的人生经历中有很多艰难,很多委屈。但是我不会为一个不觉醒的男人开门。

因为我们可以把这样的困境,当成一次改变的契机。婚姻出现问题,是两个人的责任,女人也需要主动成长,去原谅我们的恐惧,去活出我们的风采,让我们成为生命的主人。

两个不快乐的"乖宝宝"相依为命、白头偕老,在我看来,不是happy ending(皆大欢喜)。两个快乐真实的人,热爱生命,勇敢面对未知的一切,才是应有的姿态。

快乐无罪,压抑才有罪。

快乐而有担当,是你开门该见到的男人的模样,和你自己的模样。

我们为什么要把婚姻过油腻了

"你过得开心吗?"油腻男问。

"很开心呀。"我回答。

"但我特别不开心!我好久都没有谈恋爱了!"油腻男说。

我默默喝了口茶,我以为他要跟我谈工作,结果他想谈恋爱。

他老婆十分钟前还在朋友圈秀小蛮腰,他上个礼拜还在朋友圈秀儿子生日照。

"婚姻是什么!我告诉你!婚姻制度是反人性的存在!"另一个油腻男在饭桌上大声喊起来,整张脸泛着酒光,"你想想,你想想,男人怎么可能跟同一个女人睡一辈子还睡得下去!婚姻都是社会捆绑利益的需要!它不是人性的需要!"

我默默喝了口茶,看见他的手机屏幕亮起来,来电显示是"家"。

还有一个油腻男,三年前他来办公室,大家祝贺他新婚,他说:"嗐,我爸说了,人到什么时候就该办什么事。"

一年前吃饭的时候,他说:"男人本是猎人,优秀的男人就应该匹配更多的女性资源。"最近他出轨被拍,沉默良久。

因为爱情结了婚,抱怨婚姻是爱情的坟墓,婚姻制度不合理。

因为生活需要结了婚,抱怨生活平凡,没有激情,需要用体外爱情补充婚姻。

因为生殖需要结了婚,把对人的理解永远停留在"我是猎人,你是猎物"的繁殖阶段,婚姻束缚了更广泛的基因传播。

"没有一种情感关系可以满足我们所有的需要。"一个老干部默默喝了一口茶,试图用人的欲望是无穷的,来找到苟且的合理性。

他把婚姻关系理解成各种情感关系中的一种,在享受多重关系满足无限情感需求的同时,毫不顾及只有婚姻这一种情感关系的老婆,郁闷到天天用高强度健身来发泄过剩的荷尔蒙。

"其实男人那么多牢骚,都是女人害的,如果女人都开放一点,别死守婚姻,那人间要少多少悲剧。"说这话的男权制片人,终日躲在剧组,每天靠酒醉入睡,不肯回家。

听了那么多油腻男对婚姻的抱怨,我仿佛看到了他们身后站着一排情感得不到满足却死守婚姻的干燥女人。

那我们要不要听听女人如何谈婚姻呢?太太们一旦抱怨起来,简直可以喋喋不休,排山倒海。

一般有这么几个抱怨集合地:微信家长群、兴趣班等候区、小区健身中心、单位员工食堂……

一般有这么几个抱怨话题:老公不管孩子、老公出轨、婆婆刁难、家务繁重、情感空虚……

我有个中学女同学甚至哀叹,在没有活力的婚姻里,她是四十岁死,七十岁埋。

以前的她可是我们班的流行歌曲天后呀!

当然,我特别理解她们,因为女人很多时候都是嫁给了婚姻本身,嫁给了"我想有个家""我想有个娃的爹""我只是个正常人"。

慢慢过着过着,她们把自己过枯萎了,而她们的丈夫早已油腻不堪。

建功立业的光环闪瞎了男人,贤妻良母的头衔压垮了女人,而他们还要在一起养儿育女、白头偕老。

我问一个男性情感专家。他说中国人的历史传统是一夫多妻、夫唱妇随、白头偕老。

新中国成立以后,建立一夫一妻的婚姻制度,"一夫多妻"的前提没有了;随着社会发展,既有体力劳动,也有脑力劳动,女性工作机会增加,"夫唱妇随"的经济体模式也动摇了。可是大家在心理上依然坚持"白头偕老"的婚姻内涵,为了坚持而坚持。当丰富自由的人性完全屈服于僵化的关系时,自然问题频出,所以才会有现在婚姻内情感质量普遍不高的情况。

当我们把社会要求、养儿育女、经济利益等附加到婚姻关系之上时,婚姻关系不再是人和人爱情升华的法定关系,而变成了沉重的家庭责任和道德负担。

人类需要繁衍后代,但人也需要情感,需要家庭,需要社会。

我们在努力满足自身需要的时候,一不小心就会被外界需要捆绑住。

但是,良性发展的社会也需要天天借酒消愁的利益共同体吗?

活泼可爱的孩子需要出轨、撒谎、强秀恩爱、争吵不断的父母吗?

日益衰老的父母需要压抑苦闷患乳腺癌的儿媳、焦躁不安患高血压的儿子吗?

在控制与被控制的闭合通路中,最后形成的只是恶性循环。

如果我们不奢求婚姻是从一而终的,而是可以随着两个人的感情发展,自愿开始、自愿结束,可以是连续的阶段式的,也许我们身上的油腻会少很多。

再也许,放弃了男主外女主内的顽固执念,把外界赋予的人生目的转化为内在动力,充分实现自我成长,男人女人也许更健康,婚姻关系反而会更持久。

自我和他人的良性关系,永远是一组灵动的相互满足的关系。

如果没有灵动的生命个体,又何来灵动的情感关系?

所以当关系出问题的时候,可能是我们需要默默喝口茶,问问自身生命力何在的时候。

人到中年,凭什么谈恋爱?

也许是最近经济形势不太好,我的女强人闺蜜团纷纷点名约我,不谈生意,谈爱情。

靠自己的努力闯出一片天的闺蜜们,人到中年,脸上有皱纹,眼里有沧桑,身边还带着一个或两个娃。

"离婚时前夫分了好多财产,孩子所有需要操心的事情依然是我的,还要开公司,管员工,上商学院。好不容易交往一个男友,最近又情绪不稳,老是闹!"

创业闺蜜累得长出白发。

我说,嘿,姐们儿,你这听起来已经是人生赢家啦,有工作,能赚钱,还有娃,比比多年前在婚姻里垂死挣扎的自己,丧偶式育儿、诈尸式育儿,现在你还多得一个男朋友。

而拥有爱情,是多少中年男女的人生奢望!

爱情这东西对我们这代人来说也是奇怪。情窦初开、青春正好时,正值读书,为了父母,为了美好的前程,自断情愫。

进入社会,努力工作,偶尔遇到一个貌似良善的男人就一猛子扎进婚姻,孝敬公婆,养儿育女,相夫教子。白天单位上蹿下跳,晚上回家劳心劳力。

" 追寻的本身
就是生命。
——黄澜

收完碗筷陪娃写作业,娃娃偷奸耍滑消极怠工,老公在一旁打游戏,说风凉话。每每情绪崩溃,语出伤人,回头看到孩儿的眼泪又百爪挠心,后悔不已。

想想如此操劳,失去仪态,万一加速老公出轨,得不偿失,就使出浑身解数扮可爱,装弱势,最后落得内分泌失调,不是发胖,就是长斑,要么掉发,要么月经不调。

爱情在哪里?前半生的辛苦操劳容不下娇弱的小灵魂。

好不容易熬到恢复单身,担负单亲妈妈的重任,应付父母焦虑的唠叨,还要为后半生继续拼搏。

"天!被油腻前夫烦了多少年,早没有心动的感觉了!刚才看到那个小罗在发言,羞涩的样子,让我回忆起了校园爱情,瞬间怦然心动!"

我一作家闺蜜脸上刹那划过流星般的娇羞。

"我帮你查查对方来历,去要个微信?"

作家闺蜜立马遁回原形:"我还是先把稿子写完,攒点自信才敢撩汉。"

我问创业闺蜜:"你说你男朋友闹什么呢?"

她说:"老娘太忙,没有时间陪他。他一撒娇,我就拉黑他。我一发脾气,他就拉黑我。他跟年轻漂亮女同事吃饭,我就整夜失眠;我去商学院上课,他就一天八个电话……"

这听上去,不敢爱的、不会爱的,都是跟高年龄不匹配的低情商。

年轻时谈恋爱,趁着荷尔蒙分泌旺盛,豁出去大胆拼;年纪大了才发现,工资涨了,辈分涨了,社会阅历涨了,但谈恋爱的技巧不仅没涨,还衰退了。

老房子着火,救不得,不是火势大,是因为木板结构都松垮啦。

二十年前,我去剧组打工,听到一个胖胖的香港摄影师在人群中吹牛,说自己无比肥硕的身体里藏着一个比周润发还要帅的英气少年。

每到晚上洗澡的时候,他都会把自己臃肿的脂肪外衣脱下来,跳出一个翩翩少年,打开热水,洗涤健硕的肌肉。

洗完澡,再把脂肪穿好,回到人间。

当时我笑到岔气。

而今想来,喜剧变成了闹剧,闹剧演成悲剧。

不惑之年的女人们啊,想想看,夜深人静时,我们脱掉褶皱的皮肤,卸下僵硬的筋骨,甩掉伤感的肥肉,从我们的躯体里走出的,会是一个美丽自信的少女吗?还是一个战战兢兢缺乏自信、期待鼓励渴求关爱的小女孩?

这个小女孩给自己披上厚厚的铠甲,在荆棘横生的社会中左奔右突,却在爱情这个真实又残酷的镜子里一照,照到了自己脆弱而自卑的小模样。

不敢过生日了,不敢照镜子了,不敢去搭讪了,不敢投入真心爱了……

我们童年里匮乏的鼓励,少年时缺少的体验,青年时不够的试错,终于在我们开始衰老时,对"爱"这个其实是人生最重要的事业,心生惶恐,又时时肌肤饥渴。

那么,人到中年,到底凭什么谈恋爱呀?

知道自己长相不灵,又怕对方算计财富,稍稍动了真心,奈何明月照沟渠……

三观一致好像成了救命稻草,只是在过去几十年的人生里,最扭曲的恰恰就是我们的三观。

约会数次,谈天气谈菜式尚可,最谈不下去的,是社会,是情史,是我们掩藏不了又处处皆是的三观。

最后,身体合拍成了唯一的标准。只可惜,一年一年都不同。

如果爱情不成为信仰,我们靠什么抵御人生的严寒?

作家闺蜜说,她还有文字,还有儿子睡着时的微笑,老父亲催回家的急切,闺蜜暖心的安慰……

创业闺蜜说,她的团队天天加班,还特别有激情;她的公司利润每年都在增加,说明前几年的拼命真是走对了路;不会谈恋爱,那就重新学……

前段时间我收到一条很意外的短信,上面写着:

> 黄澜你还记得十年前的北京飞上海航班吗?我是跟你邻座来自南通的某某某。飞行途中我们聊着天,我提到某部电视剧,后来你还专程给我邮寄了一套这部剧的DVD。我特别感谢你的好意。这十年没有联系,不知道你过得怎样,我现在工作顺利家庭和睦,今天收拾房子,看到这套DVD,不知道你是否还用这个手机号码,来条短信试试,表示祝福。

我想起了十年前,我女儿在肚子里大概五个月,我去上海出差,到车墩剧组看片子。航班邻座的这位大叔帮我把行李放到行李架上,还随意聊了聊天。

我很感念他对我旅行的照顾,之后给他寄了DVD。

我想,来自萍水相逢朋友的问候,也是一种欢喜。

我郑重地回复:我一切安好,谢谢挂念。也祝福平安!

那一刻,深感温暖。

也许，所有的爱，最后拷问的都是我们对人性的信心，以及对世界的善意。

每天多留一点善意给身边的人，就是我们与这个世界恋爱的姿态。

爱人者，人爱。

爱情钟爱勇敢的心。

学霸和学渣的艰难爱情

在学校读书时，班上同学一般被分成三个阶层：好生、中等生、差生。为了提高班级平均分，发挥群众的力量，老师会把好生和差生组合成一帮一、一对红，让好生辅导差生，带领进步。

等网络词汇发明后，我们称呼他们为"学霸"和"学渣"的组合。

学生时代，我作为学霸，被老师配对过很多学渣。我掏心挖肺地给他们补习，发考卷时我比他们本人还要紧张分数。作为回报，学渣也会给学霸很多珍贵的课外知识，比如带学霸去看周星驰的录像带、去游戏厅打游戏。

后来我发现，爱情关系里，学霸和学渣也是常见的配对。

比如《那些年，我们一起追的女孩》，男主角学习成绩很差，但满怀赤诚地爱上了学霸女神沈佳宜。《少年的你》，也是男学渣不惜一切保护女学霸。也有男学霸配女学渣，最著名的莫过于被拍成六国版本的《一吻定情》。

在这样浪漫的校园故事里，我们看到因为互补带来的爱情体验。学霸有金光闪闪的优秀和骄傲，学渣有炽热浪漫的可爱和幽默，他们在一起产生奇妙的化学反应，那就是可遇不可求的纯真初恋。

然而，人生是那么漫长，走向现实的学霸与学渣的爱情故事，往往会变成另一种画风。

我们看到女学霸变成天天加班带娃、参加家长会还做一本笔记的"虎妈",男学渣成了下班跟同事喝酒、回家只想打游戏的"猫爸"。

我们也看到男学霸变成一路进取不断高升却回家无话的工作狂,女学渣成了叨叨叨满口只有八卦和享乐的庸俗女。

互补式的爱情,如果只是欣赏对方的优点,而不能让自己也成长为拥有这个优点的人,比如学霸变得轻松快乐,学渣变得积极上进,那么对方的优点慢慢会变成最令人糟心的缺点:学霸看不起学渣的散漫和懒惰,学渣讨厌学霸的强势和冷漠。

甚至可以说,如果不掌握相处的诀窍,这样的相互嫌弃会成为大概率事件。

以我多年跟学渣相处的经验来看,这个艰难的过程是这样的:

首先发动的是对任何事情都有一定要求的学霸。

"亲爱的,听同事说,城西有家火锅特别好吃,我们周末一起去吧?"学霸太太这样说。"好呀。"学渣在这些问题上没有特别的主见,一般乐意跟随。

"听说人特别多,我先去预约位子,咱们到时早点出发去停车占位吧?"学霸说。能成为学霸的人,都有一定的计划性,乐于付出努力来收获成功。

"要多早出发?如果特别费劲,就别折腾了。"学渣一听到排队竞争、提前出发,就觉得有点烦,学渣之所以成为学渣,是因为他们对"付出就有收获"这件事一直有顾虑和存疑。

一看到学渣退缩,学霸就被激发了鸡血模式:"想要吃好吃的,就要努力呀!天天就是家门口那几家店,我都吃腻了。"学霸习惯这样说话,因为她的养成方式里包含着这样的逻辑——如果你不努力,就考不上好大学、找不到好工作,就没有好日子过。因此,她对不努力而有可能导致的结果脱口而出,语气中仿佛有种威胁。

"家门口那几家店怎么了?我看你每次去菜都没少点,怎么今天突然就看不上了?"学渣对抱怨的情绪特别敏感,他在成长过程中遭遇过很多嫌弃和歧视,他一下就能感觉到对方语气里对自己的不满,而这样的不满让他迅速建立起一种防御。

"我没有看不上,不就是想换换口味嘛!你看你,又是这种让人讨厌的表情,我都说了我去预约,又没让你去,不就是早点出发而已嘛,家里什么事情都是我操心,难得让你配合一下,你还老大不愿意,这又不是我一个人的家。"当学霸看到学渣拿出防御模式,她就开启了进一步攻击的模式——"上纲上线",把一句话上升到一个普遍现象,比如老师会说今天忘记带作业的同学骨子里就是懒。

"你要是觉得在这个家里一直那么委屈,咱就别过了!"学渣最受不了的就是被攻击,学渣最常使用的策略就是逃避,题目看不懂就不做了,课文背不过就不背了。

听到对方说不过了,争强好胜的学霸感觉被抛弃了,执着的她受不了这样的挫败感,立刻被气哭了。

学霸和学渣在长久的形成过程中,被塑造出各自独特的表达逻辑。学霸考了95分回家,妈妈说:"怎么没有满分,错在哪里?"学霸考了100分回家,妈妈说:"附加题都没做出来,有什么可得意的?"学霸考了100分加20分附加分回家,妈妈说:"数学好了,语文可没见你那么用功啊?"

我们看到学霸在充满竞争的社会中,慢慢学会认同外部压力并把压力合理内化,通过不断加压,促使自己无止境地努力、努力再努力,终于有一天,学霸成了金光闪闪的存在。但是他们有时心里很空,缺少对自己独特价值的真正认可。

面对同样的竞争压力,学渣的应对是抵抗。他们尽可能逃避压力,他们告诉自己60分万岁!他们假装自己不在乎考试成绩,在老师公布分数时扭过头去,但心里依旧一阵阵发紧。表面上他们依靠不断地逃避压力给自己留出喘息的机会,从而保留轻松的情绪价值,依靠大大咧咧的性格魅力,吸引了焦虑的学霸。可他们内心深处特别恐惧被要求、被指责、被嫌弃,一旦闻到不友善的气息,他们会在第一时间选择逃跑。

到了亲密关系中,我们发现这样的心理模式严重拉低了爱的质量。

在感情世界中,两个人首先是平等的,因为我们平视对方,我们内心的感受会自然流淌,被彼此看见和感受到。其次,因为彼此尊重、相互欣赏,美好的情绪不仅能够流淌,还能不断叠加。

如果两个人不是平等的,一方总有要求和期待,另一方却总将此理解成压迫和挑剔,那么情绪的流动就被阻断了,变成了攻击和防御。

于是我们在亲密关系中不断受伤,有一天,当我们终于意识到这是多年形成的思维和表达方式造成的问题,那么我们也就拥有了成长的可能——我们需要不断自我观察和积极改变。

如果你是学渣,爱上了一个学霸,你尝试理解一下学霸内心的焦虑,也体察自己经常的回避。如果你是学霸,爱上了一个学渣,记得体谅学渣隐藏的自卑,也学着放慢自己的脚步。

当然,最好是别在学校里强调这样的阶层歧视。不拿考试分数来对人格进行分界,让孩子们知道每个人都是独特的存在,我们去了解和发展自己的天赋,而不应在分数的价值标准中被物化。

带有阶层化的"好生和差生""学霸和学渣"这样的称呼,但愿以后也不再使用了。那些被割裂的感受、被强势区分的阶层,会在我们的后半生里慢慢去寻找、去弥合。

幸好,我们还有时间。

我现在下班回家,看到女儿在看iPad(平板电脑),我不再像以前一样,跟她说:"你怎么还在玩,不去写作业?"

我会先坐下来,跟她的情绪做一下联结,感受一下她的心情:"有好笑的抖音一起分享一下呀!写作业有不懂的题,妈妈很乐意来挑战一下。"

不用居高临下的态度做价值判断,而是用平等的姿态做情感交流。

爱,是一个人的心灵联结着另一个人的心灵,那是多么珍贵的一种感受啊。

过去,我们花了多年的青春来学习各科知识,考出好分数;现在,我们要用更多的光阴来学习爱自己、爱他人、爱世界。

霸道总裁还是小奶狗,女人怎么选

电视剧做人物设定的时候,专门有一款男主角叫作"霸道总裁":霸气高冷,帅气多金,偏偏还对女主角一往情深。

"这个鱼塘被你承包了!""你是我的,我养你!"这样的霸道总裁台词一出,玛丽苏女主角就会小鹿乱撞,酥倒在地。

此刻激起弹幕一片:好羡慕女主角,我也想要这样的霸道总裁!

我想起一个影评人跟我说:你不要再骂大男子主义啦,中国女人最爱霸气男人!她们只是想要在大男子主义的霸道基础上多买几个包包、多听几句好听的话就够了。

是的,我后来发现,喜欢霸道总裁的女观众,完全没有年龄界限!

很多老年女性都对《我的前半生》里贺涵这样的霸道总裁迷恋不已。贺涵在大雨滂沱中撑着雨伞来拯救女主角的画面,是观众尖叫的高点。

我扪心自问,同为中国女人,难道我不喜欢霸道总裁吗?

霸气意味着强大,高冷意味着对别的女人竖起一道墙,特别安全,帅气多金更不用说了,喜欢颜值和财富,这是基本的人性好吗?

想想当年我暗恋多年的男同学,也是深深的霸道总裁气质。任你在他面前涕泪横流,他依旧惜字如金。

前不久,我拿着一部霸道总裁体小说找编剧改编,她说她很努力地想了一个月,又试着写了第一集,实在因为对霸道总裁爱不起来,没有办法写下去。

"那你喜欢什么款?"我诧异了。

"去年底就开始流行小奶狗了!忠诚温柔陪伴!"

我瞬间想起在《非诚勿扰》的舞台上,两年前但凡出现帅气多金的精英男,女嘉宾都会呼吸急促,抢成一片。

可是今年录像我发现,女嘉宾对职业似乎没有以前那么挑剔,对霸道反而有些反感。

如果一个男人有正常职业,长相斯文,说话彬彬有礼,再有点小幽默,就足以点燃女人的爱火。

上个月录像的一个帅哥,在VCR里说自己是一个"good listener",即好的倾听者。话音未落,场内响起欢呼。

会倾听女人说话,就是优点吗?倾听,不是在沟通中每一个人都应拥有的态度和必备的技巧吗?

现实恰恰是女人常常感受不到男人的倾听。有多少丈夫会听妻子倾诉?有多少爸爸会听妈妈唠叨?

男人们很愤怒地说:"你们不是喜欢能给你们撑起一片天的霸道总裁吗?我们正在往总裁的方向努力,你们怎么转而喜欢小奶狗了?"

小——奶——狗!听听这都是什么名字!

男人叫女人小猫咪是爱称,女人叫男人小奶狗,这是矮化男性!从霸道总裁到小奶狗,中间到底发生了什么?

我觉得,中间发生了一个质的转变,叫作女人不差钱了。

霸道总裁勇于担当,为女人撑起蓝天,但他的时间都要拿去挣钱,而且他们从小就被培养起来当总裁,没有学过怎么做一个温柔的陪伴者。

所以女人经济独立以后,便醒悟过来。如果我们不需要男人挣钱养家了,那什么样的男人能让我们更开心呢?无疑是暖心的倾听者和陪伴者。

女人年轻的时候,在霸道总裁那里受了伤;等年长了,再去小奶狗那里找平衡。

所以当大男人鄙视小鲜肉,霸道总裁鄙视小奶狗的时候,我们要想想,女人在感情关系中究竟需要什么。

我想,最刚需的应该是平等尊重,由此带来贴心的陪伴。这样的陪伴,是我们童年时就不太够的养分。

女孩在忙碌而不会表达的父亲那里,往往感受不到足够的关心和爱护,于是长大后会幻想一个更完美的男人来爱自己,证明自己很优秀。

这个完美的男人,也许是霸道总裁,也许是小奶狗。

总之,女人想要完美的男人来补足自己的情感空虚和自信不足。

同样的渴望也发生在男人身上,他们有的喜欢御姐来呵护自己,有的渴望萝莉来崇拜自己。

我们都渴望另一半更加完美,使得人生的崎岖之路,走起来没有那么辛苦和寂寞。

我小时候憧憬的理想婚姻是钱锺书、杨绛式的相知相伴,你写书来我作序。可我最近重读《围城》后,我对他们的婚姻有了新的认识。

从方鸿渐身上,我看到了旧式知识分子的犹豫、懦弱和彷徨,我无意把方鸿渐附会于钱先生,但是方鸿渐身上折射的时代人性通感既然能获得现今很多人的共鸣,也就表现了作者的某些思维习惯和情绪感受。

而杨绛先生写的后序，则通过回溯丈夫的成长史，去理解他所有的性格起因和心路历程，充分地表达了她对他的全然接纳和欣赏。

与其幻想拥有一个全能满足我们的伴侣，不如真实地面对人性，去适应和调整彼此的需要，在漫长起伏的人生过程中，顽强成长为更好的人。

钱锺书先生在《围城》的序言里写："随你怎样把作品奉献给人，作品总是作者自己的。"落款是一九四六年。

网上流传的杨绛先生百岁时说的"世界是自己的，和他人毫无关系"这句话，虽然无从落实出处，但我感知到了夫妇俩始终用文学去感悟人性、表达时代的精神追求。

拥有强大精神纽带、包容彼此真实人性的亲密关系，教我们不要活在幻想当中。打破幻想的前提是我们怎么找到个体的精神追求，接纳自己的人性特点。

无论我们喜欢霸道总裁还是小奶狗，都要问问自己，他们凭什么喜欢我们。这是我们走出幻想的第一步。

前天在饭局上，大家聊起电视剧版《围城》网络新上线，大家异口同声地说方鸿渐就是中国式男人。于是我问著名演员、编剧和导演，如果你们是钱锺书，拥有杨绛这样的终身伴侣，会满足吗？

这几个男人竟然都摇头。

我明白，活在幻想中的是我自己。谁都不是当事人，谁又明白里面真正的感受。是我自己生生臆想了一组"理想婚姻"的人物关系。

而我要打破的幻想，是我凭什么要求理想化婚姻。走到哪里，遇到了谁，构建了什么样的关系，原本就不会有设定模式。

无非是在真实里拥抱真挚。

愿我们相爱多年还能滔滔不绝

一次去上海出差,见到了我的专栏编辑。下午茶时,聊到猪肉涨价,她马上下单给我买了一本《查令十字街84号》,她说书中的女主角就是买了美国的猪肉寄到男主角英国的书店。

之前看电影《北京遇上西雅图之不二情书》,听说过这本《查令十字街84号》,它好像是笔友恋爱的信仰之作。

回到北京,我收到了这本书,以及有史以来最大暴雨的通知。于是在一整天的等雨心情中,看完了一个纽约女作家和伦敦书店老板跨越二十年的书信手札。他们一个买书,一个卖书,一生未曾相见,但并不影响他们彼此的懂得和同频的幽默。

想起二十多年前,为了给一个男孩找那本《欧也妮·葛朗台》,烈日炎炎,我骑车跑遍了杭州上城区所有的新华书店。十几年前,也曾跟一个网友通了几年的邮件而未谋面。几年前,因为喜欢小说《乌克兰拖拉机简史》,我专程跑到伦敦去见该书作者,在街心公园走了一圈又一圈,久久不忍离去。

最近看剧本,编剧有一句台词打动了我,她写道:"睡前可以一起靠在床头看看书,有感而发聊上几句,这大概就是我理想的婚姻了。"

每每有女性题材的电视剧播出,总有记者来寻问我的观点。他们会问:"看完热播剧,你是不是也觉得男性总让女性失望?""你是否同意男人没有那么爱女人,女人就应该自爱?"

我当然不是这么想的。

我琢磨着,男人和女人的相处,除了生活层面的合作,总要有些精神沟通吧?而精神上的沟通,是不是需要借由一些载体呢?比如,我们是否有对同一个事物主题的强烈兴趣呢?也不仅仅是爱情吧,亲情、友情,甚至是所有人和人之间的情感交流,是否也都需要一些爱好来助燃呢?

如果你我都爱读书,那我们可以聊聊书;如果你我都爱跑步,我们可以一起跑步;如果你我都爱烹饪,我们可以一起下厨……

我见过结婚多年还滔滔不绝、恩爱有加的夫妻,他们一个作词,一个作曲,坐在他们身边,我觉得生机勃勃。我也见过准备进入婚姻的无趣情侣,一个手舞足蹈地说话,一个无精打采地打盹,坐在他们身边,我觉得索然无味。

我们是不是要先爱好什么,再通过这样的爱好跟他人产生联结呢?而不是期待一个男人会莫名爱你,而你也能一辈子莫名爱他。

我约老同学夫妻吃饭,他们前后脚到了餐厅,丈夫意气风发,妻子却一脸倦容。我问女同学最近如何,她说上个月体检,查出肺部有一厘米的结节,怀疑是肺部原位癌。我吃了一惊,但佯装镇定安慰她:"听说癌症跟情绪紧密相关,把自己过开心了,癌细胞会被赶走的。"

她听罢抬起脸,深深看着她的丈夫,眼神中似乎有些哀怨,还有些责怪。顿时,一旁的男同学神情不安,歉意中带着回避。

我想,大概她把她的不开心归咎于她的丈夫了,而她的丈夫好像也就这样不情愿地认同了。她说她的确为家庭牺牲了太多,太忽略自己的情绪了。

以后的好几天,我都在回忆她的眼神。当我们把自己的不开心归咎于他人时,同时也意味着,我们把快乐拴到了对方身上。对方会不堪其重,我们也忘了自己才是身体和情绪的主人。于是身体会用疾病的方式提醒我们,请多多关照自己。

能让我们快乐起来的,首先是我们自己。持续地寻找自己的天赋和爱好,是我们一生的功课,无论男女。我想,这是我喜欢的电视剧主题。

《查令十字街84号》这本书畅销了很多年,据说依然有读者去伦敦拜访这个地址,去寻找那个承载着文学与深情的书店。

下雨天,看一本好书,写一篇文章。我借由对文学的爱,度过了又一个美好的日子。谢谢送书的朋友。愿我们肺部平顺,眼光投向爱人时没有责怪,满是喜悦。

第三章

03

我们是

亲密关系里的

陌生人

爱是不安的小朋友

"男朋友的手机我必须看!"《非诚勿扰》舞台上总有许多女孩提出这个恋爱的入门要求。

"那些不给我们看手机的男人,一定是有见不得人的东西!"

当然也会有男嘉宾说:"我可以把我的手机交给女朋友,所有异性对话可以随便查,所有她觉得可疑的联系方式可以随便删。"

说完,他脸上出现了一种英雄就义般的悲壮,而马上就有女嘉宾为他鼓掌,为他把象征着爱火的灯调亮。

我问女嘉宾:"那你的手机可以给对方看吗?"她说:"可以呀,我和前男友每天回到家就互换手机,双方把各自觉得有疑点的联系人删一删,接着开始愉快地吃晚餐。"

查手机是他们爱的仪式感。

很快,男朋友就成了前男友。

我想起了一个作家朋友,他写了好多诗歌和小说来缅怀自己的初恋女神。

我问:"那么相爱,为什么还要分手呢?"他说:"因为我的女神知道我还会有别的女神,当她不确认她是我今生的唯一时,就离开了我。"

恋人心有旁骛,能够容忍吗?女神觉得不能,因为在她的观念里,爱情与占有是一体的。

不仅女神不能忍，女神经也一样不能忍。

能忍的估计都是自我价值微弱而财务、孩子已被深度绑定的原配们，抑或是自己早有打算的女强人。

与其忍耐，不如放手，成为对方永恒的心头朱砂痣和床前明月光。女神这么做了，人间才多了些许文学传奇。

换位思考一下，男人可以忍耐身边女人的不专一吗？也许他们的容忍度更低。

而控制不住的女人，很多男人根本不敢沾手。

至此，我看到了一种强烈的代表生物本能且具有历史传承和社会普遍认同的爱情观：彼此占有和控制，即刻成全爱情，否则就让燃烧的爱情消逝在苍茫大地间……

那么控制是不是爱呢？爱和控制有没有差别呢？

因为害怕感情变质，就用控制的手段，去挟持对方，把这种害怕放大成更加深切的恐惧。在恐惧和恐惧的碰撞里，我们扼杀了信任、自尊和剩余的爱。我们收获了对人性满满的失望，于是在下一段关系里，我们更加执着地要求对方亮出手机。

可见，爱和控制的差别在于，两者的初心不同：爱，是光，是热，是付出和奉献；控制，是恐惧，是强权，是贪婪和索取。

在一段关系里，如果积累的是快乐和奉献，两个人在一起就变成了更好的人。反过来，如果积累的是占有和控制，彼此激发出硝烟滚滚的负能量，两个人都会脸色发青，血压起伏，身体染疾。

埃里克·霍弗说过："与赢得一个人的心相比，击垮一个人的精神更容易使我们获得权力感。"

这就是控制者的逻辑,我们用强制手段打击对方,获得权力感。这样的权力感让我们觉得安全,但是我们从此失去了信任和爱。

爱是如何产生的,这如同人从哪里来一样,是宇宙永恒的秘密。

虽然不知道爱从哪里来,又往哪里去,但在相知相伴的过程中,我们隐约感觉到源于恐惧的控制欲,是一位武功强大的杀手。

想要不被杀死,那么当你察觉到对方开始不再专注爱你时,也不要去控制他,我们只需要做好自己,用自尊和自信去重新赢得他的爱。

但如果你能察觉到,在对方眼神游移时,你也没有发自内心地热爱对方,更多的只是害怕被抛弃的话,大可正视这段消亡的爱情,放它走。

不要让爱情离开时的猜忌和失望带给你烦恼的皱纹,影响你的颜值。

或许下一段更好的爱情——不用查看手机,不会患得患失——就在不远处,等待更成熟的你去拥抱它。

人性就是这样,充满各种可能。而拥有爱的更好的方法,是相信爱的力量,也原谅爱的不安。

学会拒绝有多难

多少年来,爱情剧的人物经典设置告诉我们,一份荡气回肠的爱情总少不了喜欢男主的女二号,以及喜欢女主的男二号。

如果看着女二号的眼睛,男主人公直接拒绝说:"对不起,我不喜欢你,我有其他喜欢的人。"而女二号一脸忧伤地说:"哦,谢谢你告诉我。我很难过,但我尊重你的选择。"那么,大部分爱情剧都可以缩短到原来的十分之一。

我们描写爱情里的内部困境,无外乎描写三个方面:我是谁?我爱谁?我又不爱谁?然后衍生出来的是:如何聆听我的内心?怎么追求我爱的?怎么拒绝我不爱的?

在主人公彷徨的过程中,不淡定的网友对这种犹豫不定、含糊暧昧的爱情态度,会用简单粗暴的"男渣女婊"把人物送上微博热搜。

这不仅仅是对戏剧规律的总结,生活中但凡出现"不拒绝、不主动、不负责"的人物原型,也会引来周遭人无尽的反感。

因为里面暗含的逻辑是:我不知道我要什么样的,也不知道我不要什么样的,我对任何人不负责,包括我自己。但是我要享受并占有你们对我的好。

而在爱情关系里不懂得拒绝的人,往往在很多其他问题上也不太会拒绝。而我对不会拒绝的男人特别反感。

比如说我爸。一年前,我跟我爸爆发过有生以来最激烈的一次争吵,导火索是他明明跟我说,他不想参加亲戚聚会,但面对亲戚们的再三相邀,他推托说这件事情要女儿做决定。

那一刻,我出奇愤怒。人不能坚持自己就算了,为什么还要甩锅给别人?

而我观察我的愤怒,其实带着多年的积怨,比如:从小我就听爸爸抱怨帮人办事有多烦难,又不好意思拒绝对方;听前夫说客户的私人要求有多过分,又不好意思拒绝对方。

于是,他们带着委屈的情绪干着并不情愿的事情,面庞因此也油腻起来。

拒绝,真的很难吗?

扪心自问,是挺难的。我在很多时候也不太会拒绝。学生时代,面对男同学的追求,我都会经历非常痛苦的内心旅程,我觉得我辜负了他们对我的真情实意,我就是一个坏女人,以后也不配得到幸福。

如果收到暗示,我就装傻;收到情书,我就不回复。

我用回避来替代回答。

曾经有一个帅哥声势浩大地追求我,逼得我必须给予明确态度,我觉得拒绝会严重伤害他,于是哭了整整一个礼拜。

《围城》里的方鸿渐喜欢唐小姐,不敢追求,不喜欢苏小姐,也不忍拒绝。

作者这样描绘方鸿渐的心理活动:"他想这事势难两全,只求做得光滑干净,让苏小姐的爱情好好的无疾善终。他叹口气,怜悯苏小姐。自己不爱她,而偏为她弄得心软,这太不公道!"

结果拖来拖去,方鸿渐还是吻了苏小姐,又拒绝了苏小姐,搞得彼此都不太愉快。唐小姐也鸡飞蛋打。

《风雅颂》里的男主人公更是极品,不会拒绝还胡说八道,他被心爱的妻子抛弃,跑回村庄找初恋女友刷存在感,面对女友的表白又如此推说自己的妻子:"往死里爱着我,因为爱我就容不得我和别的女人多说一句话。不管你相信不相信,我有机会再娶时,除了你,我死都不会再娶另外一个人。"

后来作者安排男主人公没死,但这个女友死了。

莫言在《战友重逢》里把不会拒绝妻子无理要求的男主人公直接现实魔幻成了一只猴子,通过不当人类来逃避痛苦。

不会拒绝的结果,是所有人一起痛苦。

痛定思痛,我经过多年思忖,对于如何拒绝,有了些感悟。

我觉得首先要尊重自己真实的心愿。实现自己真实的愿望,不该被攻击,也不会被诅咒。爱或不爱,愿或不愿,其实内心的声音是很容易被听到的。

我虽然拒绝了别人,但不代表我就是坏人,只能说明我是对自己负责,也是对对方负责的好人,我更有能力去获得幸福。

其次是学会明确表达,感谢对方的好意,也坚定自己的态度,不用找无谓的借口,更不能推卸责任。

有可能拒绝会让对方产生痛苦的情绪,但这也是属于他的感受,是人生必然要走的经历,甚至后来会演变为成长的收获。

我们不必过度负责。过度负责,往往会给自己带来痛苦,也会引发对方的情绪纠缠。伤人毁己。

拒绝,其实是明确自我边界和他人边界的过程。

我有个闺蜜是辛苦的单亲妈妈,儿子很有出息,考到了美国常青藤大学,接受了女友的热烈追求,但也被对方黏得不轻,疲于应付。闺蜜对此义愤填膺,说这个女孩还想操控儿子未来的发展。

我跟闺蜜说,如果你的儿子是一个在感情中特别心软、容易被控制的人,那么从此刻开始,你要教他学会适度拒绝。

换句话说,你要允许他拒绝你的要求,而你不会用情感"不听话妈妈就不爱你"或道德"你是个不孝顺的孩子"来惩罚他。

不会拒绝的人,背后往往站着一个强势的抚养人,让他从小就不太清晰自我和他人的边界。

我的儿子心里明明不想再去上补习课,老师在微信群里呼唤他,他躲着不回复。我跟他说,你可以谢谢对方的邀请,但表达你不想再去,妈妈不会责怪你。所有人的要求,只是一种建议,你的人生你做主。

儿子很高兴。可我心里知道,他妈妈的转变,来之不易呀。

上个月我们去孙瑞雪幼儿园采访,园长说教育孩子有七个规则:不可以暴力;别人的东西不能拿;不要打搅别人;物品请归位;学会等待;学会道歉;学会拒绝。

最后一条说出来的时候,所有人都感慨:是呀,我们长这么大,都没学会拒绝,甚至因为不会拒绝而经常苦恼。

如果孩子能在生命的最初就学会尊重自己,学会拒绝,他该是一个多么幸福的人啊。

学会拒绝的人,同样也能接受别人的拒绝,他身边的人不会被情感、道德、利益绑架,也该是多么幸福的人啊!

学会拒绝并接受别人的拒绝,是接纳自己、拥抱他人、迎接幸福的开始。

此刻,我女儿要出门上学了,我走过去想亲亲她,她说:"妈妈,我不要。"我说:"好的,学习愉快,妈妈爱你!"

我不喜欢被控制

因为疫情的缘故,有机会彻底在家休整了,除了不停地刷新闻,了解全国乃至全世界的抗疫动态,更多的关注点也落在了自身感受和与家人的沟通上。

我跟在家乡隔离的爸妈语音通话。

现在拨电话过去,基本都是秒接。

我说,以前太忙,现在我每天睡觉前会用热水泡脚,有时还拜托小孩帮我加热水。

我妈一听到"泡脚""小孩",就马上打断我,紧张地说:"你不要给小孩泡脚!小孩阳气旺,不能泡脚!"

我一听到这种熟悉的指令性语气,就心生烦躁,她说话的口气里完全没有讨论空间。我想换个话题,但妈妈对没有表现顺从的我明显不太满意,她继续指挥:"马上在支付宝申请健康码,反正这是每个浙江人都必须做到的事情,你也要去学。"

又是铿锵有力且不容置疑的口吻,突然那一刻我就不想再说话了。

我调整了一下心情,结束了这次不愉快的沟通——这只是我漫长人生中无数次跟妈妈不愉快沟通中的又一次而已。

放下电话,我知道又得按流程走一遍:从妈妈发号施令开始,我会反抗或者逃离,然后她就用沉默来表达不高兴,最后引发我道德和情感上的愧疚,进入下一次的沟通死循环。

我劝解自己说:"妈妈都是为了你好,强势沟通不是她的本意,她也是在她的原生家庭中习得了这样的沟通方式,你想想你的外婆!她不是暴力沟通的VIP吗?那么多年了,你还不了解自己的妈妈吗?她只有站在指点江山的位置上,才会感受到自己的存在和价值感,其实内心深处是很脆弱甚至自卑的。她想获得你的呼应和肯定,从中来感受被爱。来,深呼吸,一二三。"

做完自己的情绪疏导,依然心有戚戚焉,唉,这样的日子何时才到头?

果然,过了一个礼拜,因为想念爸妈,再次给他们打电话,跟爸爸讨论新冠肺炎时,爸爸说,这个病毒对老年人的威胁更大,对年轻人会好一点。妈妈又气势汹汹起来,她说:"你们的话题跑太远了,不要说了!"

本来正高兴的我们,瞬间就被冰冻了。

这回,我们打算反抗一下妈妈的"话题统治"。我说:"聊天嘛,就是找点共同话题扯扯,全国人民都在说疫情,我们的话题怎么就被你界定成'跑太远了'呢?"

爸爸也不甘于被镇压:"老年人得病率高是客观事实,为什么不能提呢?"

我心想,妈妈是不是联想到自己年纪大了,所以就不爱听。但是爸爸比她还大呀,客观事实也不用做盲目联系吧?

同样的心情,我想也许这样表达会好一点:你们说的这个或许是客观事实,却让我联想到自己年纪大了,患病风险高,真是有点不开心呀。

但对于妈妈来说,表达不开心会让她觉得自己弱小,她很难处理这种情绪,所以她平时基本不认错也不道歉。在处理自己的负面情绪时,她也不会真实地表达,而是用一种暴力沟通的手法,阻止其他人开展相应的话题。

在一个平等沟通的家庭语境中,她如果站到相对较高的台阶上来控制沟通内容,就会让其他家庭成员备感压力。

当然,我和老爸的做法也不高级。

我们都本能地选择了用反驳的方式来表达不满。

我们也许可以说:"听到妈妈不让我们继续这个话题了,我们心里有些不愉快,因为我们对这个话题还有讨论的兴趣。"

被我们集体反抗了以后,按照流程,妈妈又该从热暴力进入冷暴力了。果然她一言不发,听我跟爸爸继续说话,直到电话挂断。

面对着无边夜色,我想,可怜的老爸,这段时间的日子真是不好过呀。

德国有一位心理学大师海灵格,他说过:"幸福的家庭都有一个共同点,就是家里没有控制欲很强的人。"

控制欲强的人,希望脱离平等的位置,站在高人一等的地方,才能掌握局面,让他人按照自己的意愿行动,但正因为这样,才阻断了爱的能量的流动。

在一个家庭里,温暖美好的感受都是在人与人平等的联结中传递的。一旦出现暴力沟通,用一种压倒性的口吻说话,传递出来的就是表达者的恐惧,于是家庭氛围就走向了负面。

而非暴力沟通的一个重要技巧即是表达自我,而不是指使他人。

如果对方让你不高兴,你就说你不高兴,但你不要求对方改变他的行为,否则就变成了另外一种暴力沟通。

我如果跟妈妈说"你不许命令我",那么我将成为另外一个控制者。以暴制暴,外面病毒不断,家里毒气弥漫。

我只能跟我妈说:"听到你这么说,我有点难过,我感觉到不被理解和尊重的痛苦。"

写到这里,我顿时高兴起来,对于那么多年那么多次不愉快的沟通,我以前采取的方法是逃避、忍耐、自责,后来尝试换位思考、理解包容,但是真的有点难。

现在我想,觉得困难也是一种真实的心情,还是真实自然地表达吧!

我也要学会接纳自己的负面情绪,并平和地表达不开心。

当病毒来临的时候,我们每天拿着酒精在家消毒,也把我们体内关于暴力沟通的病毒顺便治一下。

谁不希望更多的爱与被爱,阻隔了爱的,正是我们不健康的沟通模式。人类的伟大在于,我们可以扛住不断变异的病毒,也可以不断改变,成为更好的自己。

表达完负面情绪,正面的美好就被我们看到了。

所以,我发自内心地想跟妈妈说:"我不喜欢被控制的感觉,但我很爱你。"

老爸老妈,请你们夸夸我

作为独生子女,北漂带两娃,平时没时间孝敬老家的父母,想着终于有个春节长假,带父母、孩子出国玩玩,温情脉脉迎猪年。

思来想去,日本是一个旅行舒适度比较高的目的地。我精心策划了十日游的行程:涵盖了老人喜欢的富士山景和箱根温泉、孩子喜欢的迪士尼和秋叶原,再加上福冈精彩三日游。

甩出重金,买好机票,订好酒店和车辆,我躺在床上很高兴,觉得自己真的好棒,算得上是孝女、慈母的代名词呀!

老爸老妈已年逾七十,可看上去只有五十出头。我们东京相见,甚是喜悦。

但年夜饭后,他们就跟我抱怨机场出关特别慢,酒店窗户打不开,床垫太软,睡得腰背不舒服。

到了箱根温泉酒店,又嫌空调开了太干、关上太冷,窗户开了太冷、关上氧气不足。

最不适应的还是饮食:

传统日式料理一道道太多,感觉受拘束;吃寿司生鱼片,胃里太凉;烤肉,缺热炒的绿叶子蔬菜;寿喜烧里面肉多菜少,不如番茄炒蛋配米饭。

老爸虽然对吃住细节要求颇高,但其本质还是一个艺术家,一领略异国风情,随即诗兴大发,每天赋诗三首,结合美景、人文、历史、政治,给我们的旅行带来了独特的文学体验。

老妈本是体育运动爱好者,高龄还在高空滑翔、深海潜水,但一到非运动状态,她就凝聚起异乎寻常的领导气质,这种魄力体现在她指挥老爸吃剩菜、在我问路打电话时不停插话、步行游览搭车乘机的各个过程中虽不认路但还要领路……

我跟老妈常年相处都有一个魔咒:

没见面时两人期盼相聚;见面第一天特别亲切;第二天开始发生摩擦,老妈喜欢指挥,我不停地反抗;第三天终于翻脸,老妈拉长脸表示情感、道德双重谴责,我赶紧逃离现场。

但过几天内心又后悔,为什么不能忍一忍呢?老妈也是为我好,下次见面我再孝顺孝顺她吧!

果然这次春节也不例外。

老妈的控制欲真的把我逼急了,经常神游赋诗的老爸,果不其然,在迪士尼走丢了。我在嘈杂环境中打电话跟他商量会合地点时,老妈又开启了强势插话模式。在她的干扰下,我完全听不清老爸的声音。我终于忍无可忍,压低声音跟老妈说:"您能不能别在我打电话时说话了?"

老妈好像遭受重创,很快就颈椎病发作。

白天发火,夜晚又被孝道捆绑的我,问两个孩子:"妈妈对外婆是不是很没有耐心?"

他们两个耸耸肩膀说:"还好啦,换作我们会更加没有耐心。"

我躺在床上,痛定思痛,回溯老妈的原生家庭:

我那控制欲超强的八十岁还逼六十岁儿子吃剩菜的外婆,因为早年失去父亲,八岁到工厂做工,形成了因为内在脆弱就实现外控的性格。

于是老妈也耳濡目染,来到不熟悉的国外,内心一慌张,就开始用外控的手法,把身边人都指挥起来,用来驱散紧张的情绪。

我又想到老妈在读书时遭遇上山下乡,错过了培养兴趣、建立专长的机会,在漫长的工作历程中,又没有找到一个完全热爱并能全身心投入的专业领域。

缺乏精神寄托,往往内心孤独无依。

她只能从家庭中寻找陪伴,她要说话,要与身边的人产生联结,要大家做出积极回应,关注她,肯定她。

她留恋童年时的大院邻里、青年时的工友手足、中年时的单位依靠,在集体主义文化环境中成长培养起来的人,没有边界意识,不太习惯思想独立、情感独立。她就是一个爱逞强,其实内心没有真正长大的小女孩。

我想想自己,好像也差不多,从小爱逞强,内心又脆弱。

但不一样的是,如今的我有勇气来打破魔咒,我打算第二天起来跟老妈谈一谈。

很快机会就来了,老妈在东京的商场里配到一副满意的眼镜,心情大悦,颈椎痛楚马上缓解。

我提着购物袋,对老妈柔声细语:"妈妈,你平时在不领路和不插话的时候,就是一个特别好的天使妈妈,但你一旦领路和插话,总给我一个感觉,就是你行我不行。不过,其实你女儿还是很行的,出来玩多少趟了,国内国外,我都是搞得定的,你要多给我机会,让我表现一下呀。"

老妈不耐烦地打断我的话:"好啦好啦,知道啦。"

我知道她是听进去了。

她的不耐烦,就是了不起的进步了。

关系一缓和,大家又都高兴起来。

晚上又到饭点,老爸继续不满意,他要吃炒的绿叶蔬菜,番茄炒蛋配米饭。可惜游乐园里没有中餐馆。

我幽幽地问:"你们跟战友团出去玩,有没有遇到过面对所有安排都能随遇而安的同龄人呀?"

老爸的反击没有一秒钟的迟疑:"我们跟团去意大利每天必有一顿中餐!"

我妈说:"战友在一起聊得来,更热闹呢!"说得我满心挫败和委屈。

安顿好孩子们后,我在卫生间里照镜子,看着这张一直讨好却无收获还勇当"中年孝女慈母"的脸,还有隐隐的眼袋、皱纹和白头发。

自怜自艾五分钟后,我觉得还是自己的发问动机有问题:我在讥讽他们,我是在抱怨委屈,所以得到反击是必然的。

我是为他们用尽心思,得不到肯定,但要别人怎么对待你,你就要先怎么对待别人。

老爸老妈本来就是长不大的孩子,我不能总奢求他们先体谅我吧。

我能做的,是先体谅他们。

最后一站去泡温泉时,我收起了讨好的态度,先跟爸妈讲道理:"出来旅行,住宿和餐饮不可能像在家里一样舒适,但是我们能看到很多新鲜的景物,这是旅行的特点,请你们适当放低一点要求。"

再跟爸妈讲感情:"像爸妈这样的身体跟随所行行程安排走下来,小病小痛不断,还很坚强,辛苦了,谢谢你们。"这是我的真心话。

这番话说完，老爸老妈似乎有点理解我了。

平时不习惯说好话的老妈，开始夸温泉酒店这里好、那里高级，我想这就是她态度的转变吧。

我乘胜追击，很庄重地跟她说："妈妈，酒店是好，但你是不是也可以夸夸你的女儿很好呢？"

我妈说"是、是"。

我想起以前费了大力气安排过的美国、英国旅行，她回来都说这里不满意、那里不满意。总算这次赢得了一个好评。

回程前的最后一餐，我特意找了一家昂贵的中餐馆，尽管味道平平，但老爸老妈还是露出了满意的笑容。

我想，我们都在为难得的春节欢聚，为难得的血脉亲情调整自己。

回北京上班后，我还在想我的老爸老妈：

爸爸充满知识分子的批判精神，的确从小到大对我要求很高，缺点看得多，优点夸得少，遇到复杂情况，也喜欢放大问题，这是他的特点；妈妈喜欢依赖、喜欢控制，不太会表达自己，常常为一些小事情犹犹豫豫、反反复复，这是她的特点。

然而，他们身上的这些特点，我身上也有。

我对他们的负面情绪尤其敏感，这点是不是继承了老爸呢？我特别放大他们的不满意，又一直用逞强的方法希望他们高兴，这点是不是像老妈呢？

我能不能多看看生活中美好的那面，别在阴暗处纠结？我能不能坦白告诉自己"你再努力也做不到完美。疲劳时，可以歇歇；伤心时，可以哭哭"？

我们的原生家庭培养了我们，有时候让我们爱，有时候让我们烦。

但是烦的时候,我们不要走开,因为它是我们的镜子,所有的烦躁必然有出处,那就是我们发现自己、改变自己、提升自己的机会。

我读着老爸的诗歌,我觉得他好有才华;我看着老妈的照片,我觉得她笑起来好甜。

我给他们发微信说:"我爱爸爸,我爱妈妈。我希望我是你们更好的女儿。但你们不要忘记夸我哟。"

考试只是一时的考验,学习才是一生的事业

中考前的年级家长会,教导主任庄严地在台上对着几百个神情严肃的家长说:"中考前,家长最不需要做的就是焦虑!"

然后,他贴出一张和模拟考试名次对应的中学排名图,告诉我们以目前孩子的名次估计可以上哪个等次的学校。

这下,家长们明显都焦虑了。

开过家长会后的合家欢晚餐,儿子在餐桌上明显有点拘谨。我端起饭碗,看儿子近视又不肯戴眼镜,眯着眼还驼着背,一副应试教育九年后的典型模样,我心想,如果考分真的上不去,与其读一个不怎么样的普通高中,考一个不怎么样的大学,不如试试国外的教育体系,也许去国外读个大学,更适合他的发展。

于是,沉寂多年的"虎妈"模式又被开启了,我要找一个可以接受中国孩子读高中的国际学校,将来让他考到国外读大学!我奔忙在各种网页、参观、咨询中……

那天下着小雨,我跟另一个更年期妈妈一起撑伞走在某国际学校的参观团里,她咬牙切齿地说:"我们夫妻含辛茹苦地赚钱,就是为了让孩子不再受高考的罪!但凡我女儿能考上国外大学,我也就跟她出去了!"

"那老公怎么办?"

"国内挣学费给我们呀。"

"你去国外干吗呢?"

"陪读呀!孩子生活需要照顾嘛。"

"孩子毕业以后呢?"

"能留在美国就留下,实在不行再回来。"

"那你呢?"

"跟着她呗!"

这位太太参观完校园,积极地填表格。我看她低着头,一脸皱纹,眼里满满都是望女成凤的执着。她要将生命跟女儿全然绑定的态度警醒了我。

我要不要将自己的生命价值借由孩子来体现?

如果我是我,他是他,那么这份关于未来的焦灼,是我的还是他的?

关于读不好书,上不了好大学,找不到好工作的焦虑,是我的还是他的?

是我以为他该有的,还是他真的有?

我能不能把所有的关于如何在这个世界上更好生活的各种经验,用一种叫作母爱的方式强行灌输给他?

在这个求学的过程中,主体不是家长,是孩子,我们首先应该问问孩子是怎么想的。

我叫上孩儿他爸,一起问儿子,是愿意读普通高中,考国内大学,还是转到国际学校去,为将来去国外读大学做准备。

瞟了一眼国际学校的漂亮图片,儿子淡淡地说:"我觉得过语言关很难,去国外总觉得不是自己的地方,我愿意在国内学习。"

我想起以前暑假经常送他去国外夏令营,也许他在那里感觉到了作为外国人的疏离感。

这样的感受,我也有。无论是当年在莫斯科读书,还是现在在国外出差,就算没有语言障碍,也很难真正地融入异国他乡的氛围里。月是故乡明。

听到儿子死守故乡的表态,爸爸突然高兴起来,他问国际学校一年学费多少,我说今天去问的这家一年25万。爸爸计上心来,跟儿子说:"儿子,你考上西城区前六位的高中,爸爸奖励你20万,考上前十二位的高中,爸爸奖励你10万。"

听完这样的提成比例,我也是惊呆了,本想反驳一下简单粗暴的土豪奖励法,倒是儿子很大度地圆场说:"爸,妈,我就把这个当成激励方法的一种吧。"

是的,关于中国式考学,常常被诟病,但是也没有更好的方法来替代。

既然必须面对,那只好正面突破。在这个问题上,我感觉孩子比爸爸妈妈镇定。

我嘱咐孩子好好学习,便踏上了去美国的出差之旅。这次我要去看洛杉矶几大制片公司的新剧推荐,看看有什么国际合作的机会。

在索尼公司的VIP酒会上,我遇到了 *Good Doctor* 里的一个主演,她是华裔。她热情地跟我介绍自己,说她是中美混血,在中国台湾读国际学校,然后考入美国大学,留在美国发展演艺事业。

我就问她关于跨文化学习生活的体会。她一把扯来了身边的印度丈夫。

"我丈夫是美国出生的印度人,一直当自己是美国人。直到他上大学,遇到了很多从印度考过来的同胞,他突然开始对印度文化感兴趣,跑到祖国去寻根,还重新学习印地语。而那些来美国留学的印度人,则拼命融入美国文化。

"所以我想说的是,孩子们将来在什么阶段喜欢什么文化,是他们自己的选择。我们不必特别担忧,更不必替他们做决定。"

我在黑夜里扭着高跟鞋散步回酒店的时候,一直在思考她的话。

为人父母,通过自己孜孜不倦的努力,积累资源,试图给孩子们提供更多的发展机会,这是我们的一片心意。

只是我们应该相信孩子,他会有自己的喜好,有自己的判断,有自己的成长方向。

我们提供的不应该是客观的资源和机会,而应该是一种主观的信心和鼓励,鼓励孩子直面人生,为自己做主。

我们有时候为了追求多元发展,甚至会忽视情感联结、文化隔膜,而这些恰恰是我家孩子在意的东西。我们爱他,就应该尊重他的个体需要。

在洛杉矶发展了好几年的小安开车时跟我说,这里很多太太陪着老大读书,实在无所事事就生个老二,于是拴在好山好水好寂寞里能再过上几年。

孩子需要父亲的支持、母亲的陪伴,但前提不是自我牺牲后的奉献,以及利益交换式的深度绑定。

孩子需要我们对这个世界的信心和爱。

回到家里,我跟儿子说:

这次妈妈出差回来没有给你买礼物。

关于中考的事情,妈妈之前很焦虑,担心你的前途。但是我现在不担心了,以你的努力,考上什么样的学校,是你的人生,如果你不满意,后面还有高考的机会,将来再想读书,还可以考研究生,工作以后也可以继续进修。考试只是一时的考验,学习才是一生的事业。

妈妈不需要用你的成绩来刷自己的成就感,只希望你未来不触犯法律,实现经济独立。其他的人生风景,你想领略多少,那是你的生命机会,我不替你做决定。

儿子听完,说:"你是不管我了吗?"
我说:"我只负责困难的时候支持你,以及所有的时候都爱你。"

亲密关系里的"关系剧本",你属于哪一种

每天我都会收到很多微博私信,网友们会问我好多问题:"我很爱他,但他不爱我怎么办?""我妈妈不支持我换工作怎么办?""我的同屋特别讨厌,老跟我吵架,烦死了怎么办?"这些烦恼都有一个核心主题——关系。

关系,是指人与人之间、人与事物之间、事物与事物之间的相互联系。

我制作过十几部描绘人性世情的电视剧,在《非诚勿扰》栏目做点评嘉宾也三年多了,见到了台前幕后各种各样丰富的人际关系。

我想,人与另一个人产生关系,就好比一棵树立住了,对面又有一棵树,在两棵树之间,我们拉起一个吊床。这个拴在两棵树之间的吊床,就是人与人之间的关系。结不结实、受不受力、长不长久、平不平衡、灵不灵活,都是两人在分分秒秒间感受和评估的。

马上要说出口的这句话,或是我们要做的这件事,对关系而言,是一种建设还是一种打击?就好像扔个苹果到吊床上,它是会弹得很高,还是会把吊床砸散?

这个需要智慧来思考。

在我们从小到大建立关系的过程中,我发现,人们最初的关系,深

深影响着后续的关系。比如,家里讲话很强势的妈妈,会让孩子很小就学会忍耐和妥协。孩子进入学校后,也会带着习以为常忍耐的表情,老师、同学一看到他这个模样,便知道他是一个乖孩子性格,大家不怕对他提出要求,猜他会顺从,不会反抗。甚至提出一些过分的要求,乖孩子咬牙也答应,一些人从此会变本加厉,对他越来越强势。于是,他把在家里熟悉的关系模式复制到了社会上。

也有在家受到强势挤压的孩子,内心深处不认同这样的关系模式,进入社会后,他想找一些顺从乖巧的小朋友发泄一下情绪,建立一种可以欺负别人的关系。那么他就把在家里熟悉的关系反向复制到了社会上。

所以我们常听到有人抱怨:"为什么我总是那个辛苦却没人夸奖的老黄牛?""为什么受伤的总是我?""为什么我总是怀才不遇?"

因为我们从原生家庭拿到了一个这样的关系剧本。我们按照这样的剧本,不停地重复建立类似的关系,最后获得一样的结果。

我看到书上提出过四种不同类型人际关系的说法。

第一种关系剧本叫作"我好,你不好",就是把自己这边吊床的绳子绑得高高的,把对方那边压得低低的,形成了一种不平衡的关系。这样的人总觉得自己特别对,而担心对方不太行。

有些家长训斥孩子时会说:"我说这话是为你好,你必须要听。"

这句话的潜台词是:我是对的,而你是不好的,所以你必须学习我的经验,这样你才能变好。处在这样的关系里的孩子,会丧失自信,老觉得自己不够好。等他长大了,自我评价会很低。有时就算他表面上装作满不在乎的样子,但内心深处还是有一层自卑。

在伴侣关系中,总觉得自己特别好而对方不好的一方,就会经常攻击另一半,对他百般挑剔,甚至在公开场合贬损对方,还觉得这是一种秀恩爱的方式。"怼是因为爱",这种说法,我老觉得于亲密关系而言,不太牢靠。

第二种关系剧本叫作"我不好,你好",就是把吊床的绳子在自己这边拴得低低的,在对方那边绑得很高,建立起我低你高的吊床关系。

比如,爸爸会跟孩子说:"你爸这辈子是没指望了,但儿子你是可以的,一定要出人头地呀。"妈妈会跟孩子说:"妈妈没有嫁对老公,你一定要抓住机会找个好的。"类似这样的表达,就是压低自己,抬高对方。

被抬高的孩子,肩上扛着一种压力,他要用他的优秀来填补弱者的遗憾。为别人而活的他,常常忽略自己的需要,没有办法做真正想做的事情。

我在工作中遇到一个酸溜溜的老朋友,他说:"啊呀,我是不行了,老了,你看你混得多好,以后要带着我混呀!"听到他说这样的话,我就明白,他在演一个"我不好,你好"的关系剧本。我心想,这个剧本可写得不太灵。

恋爱关系中,也有拿着"我不好,你好"剧本的人,他们总是觉得自己不好,配不上优秀的另一半。女生说:"刚才你为什么看美女,是你嫌弃我丑,不要我了?"男生说:"哎呀,我没有他有钱,所以你看不上我。"这种用自我贬低,给对方施压的人,往往弄得彼此都不舒服。

第三种关系剧本叫作"我不好,你也不好"。习惯这种关系剧本的人,看到的世界是灰蒙蒙的。我们会听到妈妈对孩子说:"你爸妈都没有什么本事,你看你,读书也不行,以后日子怎么过?"男生对女生说:"就你长成这样,也就只能配我了,臭鱼烂虾,谁也别嫌谁。"女生对男生说:"就你这能力还要换工作?别折腾了,咸菜萝卜,老实过吧。"

心里觉得自己不怎么样,还觉得对方也不怎么样,看到的都是彼此的缺点,尽情发泄负能量,于是在丧丧的世界中,做两个丧丧的人,把关系的吊床拴低到尘埃里。

最后一种关系剧本叫作"我好,你也好"。这是一个喜剧剧本。

父母对自己很满意,对孩子也满意。孩子长大以后交朋友,会觉得自己棒棒的,对方也很好。在关系中的每一句话,无不在传递一种积极的能量。

"妈妈上班很努力,宝宝学习很认真,我们一起大吃一顿吧。"

"我们是郎才女貌、女才郎貌,天生一对呀。"

"虽然遇到困难,但我一定搞得定。你那么厉害,会支持我的,对吧?"

说这种话的人,把关系的吊床拴得高高的、平平的、牢牢的,让两个人的自信水平始终处在稳定高能的位置上。

上周我带女儿去医院体检,医生对她说:"你妈妈好漂亮呀。"我女儿说:"对呀,我妈妈很漂亮,所以我才这么漂亮。"医生笑得咯咯的,说小姑娘情商好高呀。

我在旁边听得很高兴,我想我女儿手持的关系剧本,就是她自己很棒,她身边的人也很棒。我们学会爱自己,也欣赏别人。这样的关系越构建,越开心。

我有时也在回忆我的童年,从我父母那里拿到了什么样的关系剧本。"我好,你不好"的剧本,肯定也是没少读。

"我管你是为你好。""不听老人言,吃亏在眼前。"这样隐含着"他们对而我还不行"的台词,我在家里和在学校都听过很多。

"女儿现在超过我们了。"听到这样"我不好,你好"的关系台词以后我会说:"这个年龄的爸爸还在写作,妈妈还会高空滑翔,你们很棒,让我们都各自精彩吧。"

我在努力把这些让我不舒服的关系剧本,都改成开开心心的"你好我好大家好"的剧本。

我相信,是剧本都可以改写,我命由我不由天。

把结实的吊床平等地拴在两棵笔挺的大树上,然后躺上去,安心幸福地徜徉吧。

拓宽自己的过程,是宽容的力量

众所周知的原因,今年我有大量时间,天天跟儿女们一日三餐补足亲情,时间长了不免也相看两厌。我嫌他们懒惰,他们嫌我唠叨。

上网看看吐槽的网友们好像都差不多,妻子嫌弃丈夫打游戏已然忍无可忍,父母被拆家的娃们折磨得捶胸顿足。我们总是按着自己的尺度去要求别人,并期待对方变成更好的自己。

隔离期间,我看了很多得奖电影,其中有一部中国台湾的电影《阳光普照》,让人看了胸闷。电影讲一对终日争吵的夫妻,为生计苦苦打拼,期待两个儿子能有出息。

结果顽劣的小儿子跟着黑道打打杀杀进了监狱,模范生大儿子不堪背负沉重的家庭压力而自杀。好不容易等小儿子出狱归来,又被黑道缠上,爸爸为了保护儿子而犯了谋杀罪。

当然我们也可以把家庭悲剧清算到万恶的社会。但是这对父母身上也有我们熟悉的逻辑:我是为你好,不惜牺牲我自己,但这一切一定以"我要我觉得"的标准,这个标准只能是克勤克俭成为社会精英,除此之外,没有别的选择。

最有意思的是影片结尾,小儿子说骑自行车带着妈妈遛一圈,我原本以为是要强行做个温暖的展望。结果,这小子随手在路边撬开了一辆自行车的车锁,蹬上就走。

妈妈又羞又急地问:"你什么时候学会开锁的啊?"

小儿子不屑地回答:"这我很小的时候就会了!"

妈妈坐到车后座上,两人摇摇晃晃地前行。

他们的这段对白一直留在我心里。

这句对白的模型是:"你怎么会?!""我早就会!"

发问的人大跌眼镜,气急败坏;回答的人淡定自若,不屑一顾。

其中强烈的情绪落差是由一个关键点引爆的:原来我们对人性有那么截然不同的认知啊!

回想起来,我在漫长的人生道路上,好像一直是那个发问的人。

当班长时,辅导同学功课,结果到了考场他作弊,我气急了问:"你怎么能作弊呢?"他说:"拜托班长,我作弊很多年了。"

上班时,兢兢业业加班加点,勇争先进,看到同事上班炒股票、打游戏,我气急了问:"你怎么能混日子呢?"他说:"好啦,都混半辈子了。"

谈恋爱时,掏心挖肺地为对方着想,摘星揽月却换不来对方的感同身受,我压抑不住地委屈:"你怎么能那么无视我的感受呢?"他说:"从头到尾我就是这样的人呀。"

回到当下的生活,当看到两个孩子跷着腿抱着iPad打游戏,一打好几小时也不写作业时,我又想质问他们:"你们怎么那么懒?"

我都能猜到答案一定是:"人本来都是懒的啊。"

好吧,还是多少年前儿子教育我的那句话:"妈妈,你不要对人性有不切实际的幻想。"

冲突都是围绕着双方的价值观念不同,价值观念不同的背后,是我们对这个世界和对真实人性的理解差距很大。

傻白甜的光圈,是在我成长过程中被环境套上去的。我不能懒,我不能馋,我不能贪,我不能滥。很多本能的欲望都要好好管理起来。而那些没有做好欲望管理的人,就会被我质疑,其实他们的回答才反映了人类最直率的想法。

在气急败坏的质疑里,包含着理想主义者对残酷人性的不接纳,以及对自我压抑的委屈和愤怒。

那部电影里的妈妈辛苦工作撑起一个家,跟丈夫感情不和也强做忍耐,所有期待就是望子成龙。结果一个儿子自杀,一个儿子很小就会撬锁,长大坐牢。

如果我们能够接纳自己的孩子,也许很懒,不肯好好读书,也许心存侥幸,希望走捷径获得成功。因为我们小时候也很好奇大人抽屉的锁能不能偷偷打开,抽两张纸币买冰棍小人书;好奇我们能不能从沙堆里捡到宝物,从此一夜暴富,不用读书受苦。

如果我能包容自己复杂的本性,同理,我的孩子们也会接纳我渴望他们努力上进的心情。

比如他们跷腿玩游戏时,我也坐下来跟他们一起联机开黑。打完游戏,三个人刷碗、倒垃圾,分担家务。

不需要质问他们:"你们怎么会这样?"

开口时云淡风轻:"我非常理解你们这样。"

他们也云淡风轻地回答:"我们也理解妈妈的唠叨,好啦,做作业去啦!"

放弃执念,换位思考,深层同理,其实是拓宽我们生命容积的过程。

疫情蔓延期间,我的大学同学、英国人凯丽小姐不幸中招,她咳嗽、呼吸急促、身体发热，撑了几天，觉得越来越不好，就打电话叫了救护车。

救护车里的医生询问了她的情况，跟她说："现在整个伦敦医疗资源特别紧缺，你四十岁，还可以坚持一下，测试剂和医院床位还是留给年纪大的重症病人吧。"

凯丽小姐镇定了自己的情绪，完成换位思考、深层同理后，她说："好的，目前来看，这是全人类的特殊时期，我能理解，我在家隔离，与病魔继续抗争吧。"

之后的十天里，她有两次感觉窒息，从梦中惊醒，感觉到了死亡的恐惧。她没有精神崩溃，而是再次与这个世界做了换位思考和深层同理：世界正在面临威胁，它不需要一个年轻的病人，它需要一个能够帮助他人共渡难关的人。

于是，她爬下床，在网页上填写了志愿者申报表。她说如果这次她能挺过去，体内产生了抗体，她就可以去帮忙照料高龄的重症患者了。

十天以后，她退烧了，也止住了咳嗽。她把这段经历写在社交网页上，十八年前擦身错过的前男友，再次向她热烈表白。

我想，这就是拓宽自己的过程啊，我们因为宽容自己、宽容他人，才更加有爱。

世界就是这样，人性原本如此。

会有天灾，会有人祸，无可回避，又酝酿希望。

随着孩子们结束寒假游学，我们全副武装登上回国的那一班飞机。因为长途飞行，感染风险大，机舱里人人自危，气氛紧张。之前还听说航班落地后需要长时间等待，听说整个航班需要集中隔离，听说需要反复做核酸检测，听说没有食物，不能喝水……

起飞前,我坐在座位上,看到开了双眼皮、顶着超高鼻梁的空姐走过来,给我一袋牛肉干。我小心翼翼地问她:"请问您知道落地后要进行什么流程吗?"

她果断地说:"落地后我们会给你们测体温,然后地勤工作人员会上飞机再测量一次,下了飞机就不知道是什么情况了。你知道吗?现在每天都在发生变化!一切都是未知!走着看吧。"

说话的时候,她的眼神中闪烁着光芒。在以往的飞行过程中,我见过很多温柔美丽的空姐,但从未遇到过这样坚毅的眼神。

而这个眼神,透着对未知所有的理解和宽容,给了我莫大的精神力量。

"每天都在发生变化!一切都是未知!"

但我们不质疑、不慌张。

我戴好口罩,把满满的笑容保护起来,我要把这份宽容带给我爱的人间。

第四章

04

我要过

我想要的

生活

一

建新笔店,把画笔建在了我们心里

在杭州市南山路附近开了三十五年的建新笔店,被迫关门,因为老板夫妇遭遇车祸,双双离世……

这则新闻发在我小学同学群里。

这家笔店就开在我就读的小学旁边,班里的每一个同学都记得它。

我有点唏嘘,就点开了小学同学的微信:"周同学,建新笔店老板走了,觉得有点难过。"

周同学马上就回了微信:"是呀,小时候都去那里买笔。"

1986年,建新笔店开门的第三年,我被"上山下乡"的父母送回杭州奶奶家读小学。奶奶家在南山路附近,是杭师附小的学区,听说杭州师范最好的毕业生都会被分配到这所小学工作。

下乡青年回城艰难,为了让我接受更好的教育,爸妈把我从小城嘉兴送到杭州。

外婆说过,爸爸是家里唯一的儿子,爷爷肯定是想要孙子的。可惜妈妈生了我以后,就遇到了独生子女政策,不能再生孩子了。说得好像我生来就是一个遗憾。

从小地方来的孙女,一头短发,晒得黝黑,我站在门口换鞋子,看到杭州城里严肃的工程师爷爷和美丽的小学教师奶奶,瞬间觉得他们并不太欢迎我。

睡在奶奶家的第一个夜晚,我就哭闹不止。

为了让他们喜欢我,我决定拼命努力,好好学习,天天向上!

第一天进小学,老师让三十多个同学每一个人轮流喊"起立",她要通过大家的呼喊,选一个班长。以后老师一进教室说"上课",班长就要在位置上大喊:"起立!"

全班同学齐刷刷站起来给老师鞠躬:"老师好!"

老师会慈祥地说:"同学们好!"

班长继续喊:"坐下!"

至此,仪式结束,开始上课。

"起立!"声音很小。

"起立!"气有点虚。

同学们一个个站起来喊,老师都不满意。

"起立!"我也喊了一声,估计声音轻得只有我自己听得到。

我颤巍巍地坐下来,内心深处依然充满着"小地方来的"的自卑感。

这时,突然听到一个洪亮的喊声:"起立!"周同学站起来,腰板笔挺。

老师的声音里充满了母爱:"这个同学声音响亮!以后就你来吧!"

周同学不仅声音响亮,而且长得白净,五官端正,大眼小嘴,标准的小鲜肉模样。

最要命的是,他为人正派、学习严谨,成绩一直遥遥领先。

听说他的爷爷是著名雕塑家,奶奶是从日本回来的,家住在高大上的中国美术学院家属院。

这样家世好、长相好的小男孩,成为家世不好、长相不好的小女孩整个童年的假想敌。

我唯一能做的,就是跟他拼学习。

幸好,他数学第一、语文第二,我语文第一、数学第二。

爷爷每次参加完家长会回来,脸上都会露出欣慰的笑容,他会说:"你要加油,数学也要争取第一名。"奶奶则会把批不完的语文作业交给我帮忙核对。

我顿时觉得,爷爷、奶奶和我,也算组成了一个临时的三口之家。

学霸路上有一个小小的栖息地,是我最喜欢的美术课。

周同学虽然生活在美院宿舍,但似乎没有什么艺术天分,画画真的不太灵。而我从小就很会画画。

美术老师在课堂上一遍遍地教我们如何找到建新笔店,买来准确型号的毛笔和宣纸。

我一直牢牢记着,为什么毛笔要叫"毫",纸要叫"宣"。

中午放学转到学校出门左手边的小路,走啊走,左手边会出现一个小店,牌匾上有四个庄重的大字"建新筆店"。

注意,这个"筆"字是繁体字,我在门口看了很久,觉得这个字怎么那么好看,相比简体字"笔",显得潇洒又端庄。

老板是一个中年男人,脚有点跛。他会认真地问清什么样的毛笔、多大的宣纸,然后一瘸一拐地从店铺后门把一捆纸抱出来。

这就是宣纸啊!薄薄的,轻轻的,半透明的!

小小的我,对这个博大的美术世界产生了敬仰!

学了国画,老师又教我们用油画棒作画,还有素描基础。

我每个月都要去建新笔店买各种需要的材料,建新笔店就好像是美术神圣殿堂的出入口。我好像通过画画也找到了几分自信。

慢慢地,我的作文也常常被老师点名上台去朗诵。

我的小姑有时候也会给我买时髦的小皮鞋穿,买明星贴纸让我带去学校炫耀。

我渐渐地从自卑情绪中走出来,透了口气。

到了1990年,台湾文具开始席卷我们的小学课桌。

彩色圆珠笔、心形星形的橡皮、可以遮掉钢笔印记的涂改笔,这些新奇文具不仅成为同学们攀比的玩具,也占领了建新笔店的一半柜台。

攒点零花钱,我就去建新笔店徜徉,挑一款喜欢的橡皮,闻闻里面的香味,可以高兴好几天。

那时女同学狂迷各种港台电视剧,我们每天要花好长时间讨论剧情,学习演唱主题歌,抄歌本,抄明星爱好,收集卡带。

在我们妥妥落入俗套的时候,周同学依然非常高大上。

有次,他在课间,转过头来平静地说,最近苏联解体,卢布会贬值。

我当时听了,简直要给他跪了,什么是"苏联"?什么是"卢布"?什么是"贬值"?

小学毕业前,他考上了杭州市提前招生的最好中学——杭州外国语学校。

同样被选拔出来也去考试的我,差了五分,没有考上。

那年,爸妈调回杭州,我搬到了自己家里,跟爸妈坐在一张桌子上吃饭,我激动得好想哭。

再后来,我考上了上海的大学,又去了莫斯科读书,回国以后在北京定居。

周同学后来去北京读书,又去日本留学,最后回到杭州工作。

我们经常在小学同学群里有一句没一句地说说话,也会在不同的时间去看望小学老师。

后来,爷爷奶奶相继离世。

去年夏天,我带两个小孩去杭州,我说:"你们知道吗,岳飞庙里有岳飞的坟墓,只有好运的人才可以把硬币吸到坟墓石壁上去。神奇的是,就算有地心引力,硬币也不会从石壁上掉下来。"

孩子们睁大了眼睛。

我给周同学发微信,问他要不要带他的两个娃出来一起见证奇迹。

从小爱好数学的周同学果然很感兴趣。

学习严谨的他,还专门跑到银行兑换好了一分、两分、五分的硬币,摩拳擦掌,来测试自己的好运和人品。

结果皆大欢喜,经过几轮练习,大家都把硬币吸到了石壁上,尤其是我,大概人品最好,一吸一个准。

周同学问我,想不想去小学看看,我说很想去。

其实我毕业后也常去转转,这么多年过去了,奶奶家的房子卖了,南山路这一带,似乎没什么理由再去了。

杭师附小以前在儿童公园对面,后来儿童公园改成老年公园,再后来又变成市民公共花园。

杭师附小的楼推倒了,校园变成了停车场,又变成了餐厅酒吧。

周同学开车载我去的杭师附小,已经不在以前那个位置了。但我依然很高兴,在牌匾下拍照片。

他跟我说起他的雕塑家爷爷和从日本回来的奶奶,我才知道,所有光鲜亮丽的历史背后,也有很多情非得已的苦衷。

南山路上,中国美院的大门是新设计的,很漂亮。

去年我又开始画画了,我在淘宝上买了很多画笔和颜料,快递来的时候,我打开包裹,竟然想起了建新笔店,以前所有的颜料都是从那里买的。

我还认识了中国美院的一个油画老师,他在微信里会点评我的画。

去年秋天的时候,我去杭州出差,拜托周同学载我去油画老师那里参观画室。

我和他走进放满画作的油画室,就好像小时候我们偷偷跑到中国美院的教室里去玩。

我说起建新笔店夫妇出车祸的事,没想到油画老师说,他在美院那么多年,也是去建新笔店买画具。

我们三个人坐在下午的阳光里,一同怀念开了三十五年的建新笔店,跛脚的老板,还有那么多那么多逝去的岁月……

建新笔店,把画笔建在了我们心里。

那里,一直常新。

莫斯科依旧不相信眼泪

十几年前从莫斯科大学研究生毕业,带回了毕业证书以及一岁的儿子。

七年前,我带儿子回他出生的地方看看,顺便去探望曾经照顾过我们的阿拉奶奶。

那时奶奶已经身患绝症,依旧热情邀请我们参加她大儿子的第二次婚礼,五十岁的弗拉基米尔娶了三十岁的外地小媳妇。

阿拉奶奶跟儿子说:"如果你觉得这场婚姻哪怕能给你带来一年的好光阴,那你就去结吧。"

弗拉基米尔在婚礼上红光满面,阿拉奶奶跟我一起跳起了舞。

离开的时候,我跟阿拉奶奶说再见,她说:"再也见不到了,再见的时候我肯定已经死了。你是我的珍珠,祝福你。"

七年后的今天,我回到了莫斯科,去看我的好奶奶,在她的墓地。

比起那些大理石雕塑的墓碑、一家人占一片园子的墓地,阿拉奶奶的墓地很简朴。地面上的不是石头棺材板,而是一片土,上面种着鲜花。

十字架前挂着阿拉奶奶的照片,表情肃穆,还有一丝愁苦。

奶奶,我来了,我心里默默地说。

想起她曾经多么骄傲地把我初学画的油画,挂在莫斯科大学的宿舍走道上。

她说:"你是好样的!"

我的孩子一会儿发烧,一会儿闹肚子,一会儿不睡觉,她教我用热土豆敷在孩子背上治咳嗽,用网球在孩子肚子上顺时针按摩催排便,让孩子趴过来让他肚子贴床助睡眠……

我拿到了全优毕业证,阿拉奶奶高兴地转圈……

在她静静躺着的地方,我给她鞠躬。

感谢她曾给予了我无条件的爱。

这份爱温暖着我,克服了海外留学的艰难,安抚了初为人母的焦灼。

她曾带着我去采蒲公英的叶子做菜吃,给我儿子念蒲公英的歌谣。

她教我认识校园里的丁香花,我们一起细嗅花香。

在我回国多年后,她还把咏唱丁香花的歌词抄寄给我。

我想,她是在想念我。我也那么想念她。

阿拉奶奶是一位了不起的生物学博士,一手带大两个儿子。虽然大儿子弗拉基米尔跟小媳妇离了婚,但是媳妇生下了一个婴儿。

他实现了阿拉奶奶的祝福,年龄悬殊的婚姻给他带来了不止一年的好光阴,还有一个新生命。

我记得跟阿拉奶奶说过:"住在真理大街的油画老师——尤里·伊凡诺维奇也是单身,要不然你们在一起吧。你们都是善良又美好的人。"

阿拉奶奶脸上露出了羞涩:"你说什么呀!"

那年,尤里来莫斯科大学带我一起写生,他肩扛着画板走进楼道里,我想安排戏剧性的偶遇,殊不料阿拉奶奶临时有事没有来上班。

尤里十五岁参加二战,却是一个快乐的画家。

他和阿拉奶奶是我心目中的金童玉女。

在离开莫斯科的十几年里,我一直惦记着老师。这次,我通过老兵委员会的联络人亚历山大,终于又联系上了他,尤里已经九十二岁了。

重点是:他还健康地活着!

祭奠完阿拉奶奶,我去看望尤里。

七十多岁的亚历山大在真理大街迎接我。打开尤里画室的门,我看到他结实的背影,不禁大声喊:"尤里·伊凡诺维奇!"

他转过身来,满脸放光,给我热情而长久的拥抱。

我流下了激动的泪水。

玉女已逝,金童还在。

还有什么比拥抱你爱的人更重要的事呢?

我抱着他,好像也抱着阿拉奶奶,抱着莫斯科并不相信的眼泪,抱着长久岁月里的深深眷恋。

尤里留着我的照片,留着我们一起画过的写生,留着那些熟悉的歌谣和玩笑。

他又唱起来:"在有雪的地方,总是有冰。""那是很久以前的事,那是不久以前的事。"

看到他特意穿上的新衬衣,露出孩童般的笑容,我在心里哭成了一个幸福的傻子。

他邀请我隔日去看他的画展。我说:"太好了,随后我想请我们共同的朋友作家维克多一起吃饭,叫上你的儿媳薇拉和孙女,当然还有亚历山大。"尤里很高兴。

我一早就醒来了,打扮停当出发去博物馆。

尤里穿上了画家马甲,亚历山大穿着夹克,他俩请工作人员把画一幅幅地摆到我们眼前的画架上,看完一幅又换一幅,仿佛是流动的视觉盛宴。

每一幅画作的风格都不相同,1957年的圣彼得堡彼得塑像,1975年的白俄罗斯火车站,1992年的拉脱维亚里加街道,1995年的乡村小景……

我好像在画作里跟着尤里走过一生。

我问尤里:"画画的时候,你在想什么?"他说:"什么都不想,画就印在脑子里了。"

我又问:"哪一段时光是你人生中最快乐的时光?"他说:"我想想,这个很难讲,我觉得都挺好的。"

我们打了网约车去餐厅。

亚历山大走到餐厅门口,就要跟我告别,他说:"我是一个小提琴手,但是我得了帕金森病,我的手抖得太厉害,不仅不能拉琴,也不能吃饭,特别不想在美丽的女士面前,刀叉叮当作响。你们吃饭吧,我走回家去。"

我一时错愕,不知道该如何回答,我说我来给你切好所有的食物……

他说:"姑娘,请让我保持我小小的尊严。"

他吻了我的脸颊,漫步消逝在街道上。

久久望着他孤独的背影,我都忘记招呼其他人进餐厅吃饭,心里好像被什么东西重创了一样。

阿拉奶奶病故,我很悲伤;尤里健在,我很开心;亚历山大突如其来的倔强,让我无法形容此刻的心情。

尤里却不太在意亚历山大的离开,他开玩笑说,老亚历山大最喜欢亲吻女人!

这时,九十岁的作家维克多到了,他拍着我难受的背,喜气洋洋地说,久别重逢要干一杯!

摇着酒杯的他说,有的人病了,有的人死了,而有的人还活着,这就是生活。

尤里说,有的人爱着,有的人不爱了,有的人又爱又不爱,这也是生活。

生活就是各种各样。而莫斯科永远不相信眼泪。

我看到尤里和维克多彼此凝望的眼睛里,都是欢乐。

"在有雪的地方,总是有冰。"

"那是很久以前的事,那是不久以前的事。"

从多年对阿拉奶奶逝去的忧伤中醒过来后,我对尤里说:"老师,我要捡起画笔,继续画画。"

人生过半,喜乐中年

二十年前见光死的网友,最近看到我的新画,竟然一改怼人的说话风格,留言要我送他一幅画。

我问他要什么样的,他回答说:"你心平气和以后画的画,我都喜欢。"

虽然这一生我只见过他两面,但他一直对我的人生、我的作品持续给予苛刻的讽刺和鞭策。直到去年我重拾画笔,他对我的态度竟变得"心平气和"起来。

到底是我心平气和了,还是他心平气和了?

带着这个疑问,我征询身边的朋友们:"我有变化吗?"

问到乌镇的黄磊,他说:"以前你身上有一种焦虑,但现在没有了。"

咦,奇怪,究竟是发生了什么,让我在不自知的情况下,内心产生了裂变?是因为哪本书吗,还是哪个人呢?

我看着我笔下心平气和的画,想起了从小学画的经历。

两三岁时,我的启蒙艺术是越剧。当时我生活在妈妈工作的丝厂,填补女工们业余生活的娱乐是观看越剧。我对古装美女特别痴迷,看完戏喜欢坐在小板凳上,画各种好看的人。

爸爸培养我,让我用画连环画的形式,把自己编写的故事画下来,我就照着越剧和电视剧的结构,把俊男靓女都画成历经坎坷后最终喜结良缘。

到杭州读小学后,我成了班里的美术课代表。每周日,我都会去少年宫学习素描。

有一次,杭州难得下大雪,我在寒冷中扛着画板,沿着西湖蹒跚走了半个多小时。到少年宫时,已经全身冻透,但教室门上挂着:"天气原因停课一次。"我又背着沉重的画板,冒着风雪走回了家,一边走,一边委屈地流眼泪。脸上湿了,风吹过来,觉得更寒。

我在心里恶狠狠地发誓:任何困难都难不倒我,以后我一定要当一个了不起的画家!

难倒梦想的困难很快就来了。进入高中,从早自习到晚自修,每天读书压力大到喘不过气,而我的美术老师又让我不停地画枯燥的石膏像,于是在一个天气阴沉的周日,我决定赖在被窝里,不再参加美术班了……

高考结束,我考上了上海外国语大学。那时,外语专业和计算机专业是我们的时代最强音。我忘记了美术,跳进了俄语学习的海洋里,立志成为一个具有社会价值的优秀翻译人才。

大学期间来到莫斯科交流。一个意外的机会,让我认识了老画家尤里。当我走进真理大街尤里的绘画工作室,看到满墙色彩斑斓的油画时,整个人好像被定住了,动弹不得。耳朵里仿佛听到了恢宏的交响乐,我的心脏在狂热跳动!

我大口呼吸,满脸通红。我大胆地问画家尤里:"我只学过素描,但我可以跟你学习油画吗?"

在莫斯科的那几年,我只要想到画画,内心就充满了快乐。我和尤里背着画板一起出门写生的日子,是我记忆中的珍珠。

研究生毕业后,我回国参加工作,误打误撞进入了影视行业。工作繁忙,同时要养育两个孩子,每天累得心力交瘁。

这一晃就是十四年。

经历了几次匆忙的搬家,我遗失了画家尤里的联系方式。有时候半夜梦回,心疼不已,当年的他就七十多岁了。"十年生死两茫茫,不思量,自难忘……"一摸一手眼泪,不知道是想念找不到的老师,还是想念丢失了的自己。

去年,我从事国际关系专业的朋友来北京,我灵机一动,求他通过俄罗斯的关系,找找住在真理大街的尤里,无论生死,只求给个消息。结果他很快就发来了尤里的照片,九十二岁的他还精神矍铄地活着。

世界杯期间的莫斯科人流涌动。我再次来到真理大街,看到满墙的油画,身体再一次无法动弹,心脏狂跳。尤里抱我入怀,我哭得像个小孩——那个在西湖边漫天风雪里背着画板走路的小孩……

我决定重新拾起画笔。

人到中年,二孩的妈,重拾初心,描绘美丽。我在心里给自己配上了女强标题以及励志的背景音乐。

下班回家,陪娃写作业的时候,画一会儿画,久而久之,我好像真的产生了一些转变。

当我把内心的感受,或烦躁或宁静,或悲伤或温情,通过画笔展现在画板上,而渐渐成型的绘画作品又把这种感受释放给我自己,以及其他看画的人时,朋友们可以在一幅幅不同的画作里领略到我不同的情绪。

这是一个把主观感受和客观物体相连接的过程,没有绝对唯心或唯物的区隔，我感受到了一种统一、融化、接纳自我又接纳他人的感觉。

停下画笔的那几个人生阶段——高考、工作、婚育——所积累的内心焦虑，就在这一笔笔的色彩涤荡中，如风吹雾霾般，慢慢散去了……

那是一种巨大的喜悦。

我禁不住问自己，如果我的人生可以按照童年最初的梦想出发，那么我应该考上的大学不会是上海外国语大学，而是中国美术学院吧？

如果我不曾担心就业，不着急成家立业、生儿育女，是不是可以一直闲云野鹤、逍遥江湖？

于是我来到家乡西子湖畔的中国美术学院，从油画系一年级的教室走到研究生的画室，看他们画人体素描、景物写生，看他们画油画风景、历史事件，如同一个穿越人物一样，跟着画家们走了一遍成长之路。心里满满都是感动。

走出中国美术学院，路边就是我以前就读的小学旧址。踩在熟悉的马路上，我告诉自己，也许未来有很多种选择，但是过去的时光里，唯独没有"如果"。

我的大学母校上海外国语大学刚刚迎来70周年校庆。我曾经就读的俄语学院，如今建成了一座金色半圆形洋葱顶的俄式建筑，在冬日的暖阳下，光彩辉煌，浪漫典雅。

校友会邀请我在论坛上发言，漫谈我毕业后的人生道路。我眼前出现了画家尤里，我们一起在莫斯科寒冬里画过的画。我眼前出现了我没日没夜加过的班，一边陪两个孩子写作业一边看剧本的日子……

我充满热情地说，感谢外语学习的四年，它教会我：

一要勤奋，如果不勤奋，真的背不下单词，也学不会那么复杂的语法；

　　二要勇敢,我们有胆量在短短几年里,从零起点学习外国人说了一辈子的母语,这样的学习精神鼓励我有勇气向任何陌生领域挑战；

　　三要有国际化的视野,尊重不同的文化,用更多维的角度看待问题。

话音未落,我听到了很多掌声,里面饱含了鼓励和认同。

我想,比起总问"如果我的人生重来会怎样",不如说"感谢我的人生就是这样"。焦灼也好,喜悦也罢,可能都是我们人生的一部分。

而幸福,是我一直在执着地探索的,而最终接近了我要的自由。

2019年过去了,我心平气和,感恩所有。

在四十不惑的年纪，既不勉强自己，也不控制他人

小时候想到四十岁，觉得那真是太老了——三十而立，四十不惑，五十知天命，一路走下坡。配上"不惑"这个词，听起来得经过多少世事沧桑，脸上得有多少皱纹？

十几二十岁，我拼了老命在读书；二十多岁到三十多岁，又拼了老命带娃、上班；三十大几，感觉日子越过越快，一晃就到了四十岁。写《平凡的世界》的路遥，他还有一本书叫《早晨从中午开始》。我看了这个题目，开始心有戚戚焉。

一日之计在于晨，人们在晨光中起来，忙碌，到了中午，吃顿饱饭，该是打个盹的时间了，为什么我反而感觉自己的灵魂才刚刚醒来，内心的波澜开始汹涌翻腾。

我发现，我吃饭越来越知道什么东西好吃；穿衣开始懂得什么最适合自己；睡觉前知道看谁写的书能得到充实；谈话时能清晰辨认自己此刻的感受，也能明白感受到对方目前的情绪，到哪个点可以换个话题，又走到哪步该起身告辞了。

如果生命的感受系统从中午才被彻底激活，那么从早晨就开始忙碌的身体，我对它深感抱歉。当然，身体也会通过它的方式，告诉我它的心情。现在每年的体检单上，需要注意的病情提示，一项一项越来越

多,一页一页越来越长。

那一大早就开始不知为何而忙碌到现在的身体啊,它在无知的时候,也曾无畏过。我拿着体检单,很想拥抱我的身体,那累变形了的颈椎,常常被情绪攻击的胃,辛苦孕育了两个孩子的子宫,一点点流失掉了的骨质。

我要跟自己和解呀,我的原生家庭、我的过去、我的身体、我的委屈……

今年夏天,我去波士顿的美术馆,看到了几位印象派画家画的美丽景色。我竟然哭了起来。那种摄人心魄的美丽,以及用印象派的手法表达的人生观,引发了我的共鸣。

我以前学习的是素描,习惯用理性描摹景物,现在练习油画,发现我最喜欢印象派:美就是那一瞬间的星星点点。从色彩到感受,从线条到心灵,原来物质和心灵不是对立的,它们是融合的,它们相互转化,它们是转化以后更加升华的。

早晨的时光里,我们只相信"唯物",人到晌午,又倾向"唯心"。四十岁了,我知道两者都不矛盾。难道这就是我的"不惑"?

我跟教练说,两年前我骑马摔伤了,现在又想复出,我就骑马庆生吧。教练特意选了一匹好驾驭的马,想用疾跑让我感受放飞。

从快走到慢跑,我都没有问题,一旦到了快跑,我就想起了当年坠马前的失控感,身体有点慌乱。而这匹被选来祝贺我生日的马,也许是前天打过比赛,今天比平时多了许多疲惫,不停地"马失前蹄"。它用它身体的动作,告诉我它此刻的心情。我们两个都决定停下来。疲劳的它,驮着心藏脆弱的我,往草坪深处走去。

我不想勉强自己,也不想控制他人,就跟此刻的感受相处一会儿吧。无论是快乐的感受,还是压抑的情绪,都是生命给予的启示。

早晨从中午开始也没关系吧,毕竟我们还有一个长长的下午,也许会遇到温暖的夕阳、如水的夜色。假如来临的是一场暴风雨,我想也没关系,我会跟它同在,用我的笔记录、描摹、镌刻它的存在。

感谢我的四十岁,我觉得我比过去哪天都活得更从容、更勇敢。

我在期待我的五十岁。

断舍离：我找到了我要的贤惠

我很小的时候，就在为自己不够贤惠而深深自卑。

我不会撒娇，说好听的话；我不会做饭，收拾家务；我不会打扮，不爱逛街。

我深深以为，我喜欢的男同学不会喜欢一个天天冷着一张脸的班干部。直到我顺利嫁掉了以后，还是心有余悸。

比如，十几年前，我前夫说起他公司的某个女同事，不是很漂亮，但据说她衣橱里的衣服是按从冷色调到暖色调的顺序排布的。

我瞬间被她强烈的贤惠女主气质打倒。想想我自己，抽屉里的衣服常常要满出来。卧室里还有一把可怕的椅子，上面永远摞着一座小山。

我羞涩又自恼。

在我下海的前几年，白天忙到没时间吃饭、上厕所，晚上赶回家，还要带两个娃。

我每天起床洗把脸就出发了，开车最希望遇到红灯，第一个红灯扑层爽肤水，第二个红灯抹精华，第三个红灯来点眼霜，第四个红灯涂面霜……

如此焦虑的生活节奏，我觉得每天能活下来都是奇迹。那个按照色系排列的衣橱，是一个遥不可及的梦。

今年，我四十岁了，我想做一点改变，比如：学做饭，学整理，学贤惠。

我把住了十年的房子重新装修了一下。为了显示我重新做人的决心,我请了一个专业整理师来帮助我整理所有的东西,确保新家具有一种异乎寻常的贤惠气质。

从日本学习归来的整理师,毫不含糊,把我所有的衣服都堆到床上,告诉我:"找到你最心动的衣服,挑出来!再把你最不常穿、不好搭配、买的时候犹豫穿的时候不爽的衣服找出来,断舍离!"

她一声令下,我果断行动。

我发现我心动的衣服都是那些柔美的、新买的、很贵的。

我对我表现出如此势利又肤浅的人性表示自责……整理师说,不用伪装,在喜新厌旧这个问题上,大家都一样。

而那些我挑出来的不再心动的衣服,堆在一起,出现了一个强烈的共性:它们是粉粉的、有裙摆的、娇滴滴的,天哪,完全少女风!

整理师说:"你跟它们说,谢谢你们的陪伴,我们要告别了。"

啊,我捧起那条满是爱心图案的裙子,跟它告别,我心里在流泪,我知道,我真正需要舍弃的,是我的少女心!

我曾经那么不切实际地幻想过人间会有一个人因我而爱,我曾经那么执着地期待着那个人在世间另一个角落同样等待着我……

对此,油腻直男们一贯嘴挂冷笑,嗤之以鼻:"小时候琼瑶剧看多了吧?书读傻了吧?"

山下英子在《断舍离·人生清单》里写道:

断,断绝不需要的东西;
舍,舍去多余的废物;
离,脱离对物品的执着。

而今天,我是真的要告别少女心了。我深深知道,从此,我不再期待他人给我幸福,我的命运要自己决定。

我和整理师把心动的衣服放在衣橱里最好的位置,把功能型的衣服悬挂整齐,按色彩排序,把不再心动的衣服迅速断舍离。

接着是内衣、袜子、围巾、帽子……

整理完所有的衣物,我朝着那一堆不再喜欢、需要处理的衣物发呆。

它们该何去何从?

我感觉自己内心深处的某个地方又开裂了。

> 如果你不是爱得不得了,丢掉它。
> 如果它没能给你惊艳的感觉,丢掉它。
> 如果它很漂亮,但让你觉得不舒服,丢掉它。
> 如果它已经坏了,而且无法修复,丢掉它。
> 如果它很昂贵,但带着负面的情绪,卖掉它。
> 如果它状况还不错,但已经不像你的东西,把它捐赠出去。

这是《你的房间就是你的心》的作者写的。

他是如此勇敢地挑战了我们固有的价值观。

我想我的外婆和奶奶要是听到有人这样说话,大概会动手打他吧?

外婆曾经一个塑料袋一个钉子地攒,终于在走的时候,留下五万块钱的存折。我放学回家如果才五点,奶奶绝不让我开灯,要六点真的天很黑了才可以开——就这样拼命省钱,她走的时候留下了二十万元,分给四个子女。

我回忆起她们的时候,带着很多心疼,也带着很多遗憾。

我们克制着我们所有合理的愿望。我们压抑着很多应该被看见的情绪。我们依靠忍耐和将就,过了一生又一生。

那些不怎么喜欢又舍不得丢掉的东西,占据了我们大量的物理空间和心灵空间。

我们终于成功地让自己多了几声叹息、几条皱纹,然后告诉孩子,那才是人生。

而山下英子却在书里这样颠覆地写着:"喜欢的人、喜欢的音乐、喜欢的风景、喜欢的语言、喜欢的味道,当我们置身于充满这些因素的空间时,身体的细胞就会愈发活性化。""只要增加自己'喜欢'的空间,就会涌起生活的勇气。"

我同意她的观点。

感谢祖辈父辈的努力,让我们今天过上了小康生活。我跟孩子们说:"这次搬家,妈妈学会了只跟自己喜欢的真正需要的东西在一起,你们要不要也试试看?"

整理师指导孩子们如何整理衣物和玩具,如何用标签进行管理,她说:"你的两个孩子非常懂得自己的需要,他们的断舍离比你果断得多!"

通过这次搬家,孩子们整理出很多不再阅读的书、不再需要的玩具、不再喜欢的衣服……他们都在长大。

整理师说:"我来重新教你,用更加节约空间、方便收纳的方法叠衣服。"

整理师说:"你找一件儿子的衣服,找一件女儿的衣服,我们把它们用手掌的力度和温度抚平,然后叠起来,系上丝带,送给他们。"

我从孩子们的衣柜里找出他们平时穿得最多的衣服。摊平,然后用我温热的手掌抚摸衣服的纹理。

我一遍一遍地抚摸衣服,好像在抚摸他们婴儿时的皮肤一样。然后,我的眼泪开始不停地流下来。

我摸着儿子的衣服,想起我对他的要求是那么严格,要他好好读书,给他报各种培训班,他每天早起晚睡,非常辛苦。

我摸着女儿的衣服,想起我辅导她哥哥写作业时,常常把她留在门外,没有足够的时间和精力好好呵护她,对她有很多亏欠。

当我把衣服全都叠好送给他们时,哥哥一脸云淡风轻,但嘴角上扬,妹妹则高兴地跳起了舞。很多天过去了,他们还保留着这两件衣服,舍不得打开再穿。

我想再给照顾我女儿的阿姨叠一次衣服,她十年如一日地帮我料理家务,每天给我们全家叠衣服。

我用手掌抚平她的衣服,感受到她的辛劳和付出,我把衣服包起来用丝带扎上,双手捧住交给阿姨的时候,我们俩都哭了。

知道什么是不要的,什么是应该断绝、舍弃、离别的,从而更知道什么是应该珍惜、爱护和欣赏的。

我想,我找到了我要的贤惠。

每一次打开柜门,我都觉得,原来我拥有那么多。

近藤麻理惠有一本畅销书叫作《每天怦然心动的整理魔法》,她写道:"度过令人心动的每一天,拥有怦然心动的人生,这才是从整理中得到的最大收获。"

我收获的,是那么多的爱。

女人应该先爱这个世界,再去创造一个生命

因为非经期出血,我坐到了妇科诊疗室。

妇科赵大夫微笑中带着严厉和不容置疑的权威:"这是非经期的不规则出血,不严重。你今年多大?"

"三十九周岁。"

"也到年龄了。卵巢功能下降,就会出现这样的状况。"

"医生,不是要到更年期才会月经不规律吗?我还得有十年吧?"

"更年期就绝经了。但这之前卵巢功能会不断下降,这就是说生育功能在衰退,如果还要孩子就得抓紧了。"

我弯腰感谢大夫,谦卑地出了门。

出门后反问自己,我花钱看病,为什么突然谦卑了呢?

我意识到,是因为医生诚实地戳到了我人近四十的焦虑:妇女同志年纪大了,很快就要失去生育能力了。这就好像机器老化要被工厂淘汰,人到晚年办理退休一样。

这是谦卑还是自卑?

最近在看一本书叫《只有医生知道》,里面妇科大夫一句话也是犀利到爆:"子宫不生孩子就会生肌瘤。"

其实想想也有道理,生殖系统如果不能正常使用,难免会有点

小羔。

唉,妇女同志也是不容易,基因注定我们一生都要面对生育这件事情:历经过初潮的紧张、痛经的折磨、生育的痛楚、流产的烦忧、疾病的纠缠,最后还要面对告别的失落……

为了防御此刻的失意,我的第一反应竟然是顺着赵大夫的思路:要不要再生一个孩子?

比如,在弯腰谢幕时,要不要最后抖个机灵?

比如,你的腿快走不了了,要不要最后再跑个百米冲刺一下?

我认真合计了一下,这里的关键点是,缺少一个合适的孩子的爹。

"要什么孩子的爹呀!"我的同龄闺蜜来劲儿了,"你以为孩子是给男人们生的吗?你看看咱们周围哪个男人好好当过爹?中国广大妇女们都在丧偶式育儿呀!爸爸都去哪里啦!都去加班、喝酒啦!"

她话锋一转:"不过我呢,正在做试管。"

我一脸吃惊地看着她,他们夫妻两个天天在离婚边缘挣扎,今天甩个门,明天砸个碗,为什么还要辛苦拼二胎?

"正因为老公太没意思,才要生个孩子让老娘再有点乐趣。"

我瞬间想到了《如懿传》里的各种美妃试图生娃给自己做伴,抵御深宫孤独。

我独自走在冬天的街头,回想她的话,感觉有点寒意。

我们究竟为什么要生孩子呢?难道是为了消除我们的生育焦虑,完成女人的使命?或者是为了抵御空洞婚姻的寂寞,给自己生个伴儿?

"也可以为了利益!"

我从新加坡出差回来,听说当地华人太太怕小三上位,拼死生二胎,增加婚姻里自身的砝码,用孩子拴住男人的心和可分配的资产。

这个思路,好像也离古装宫廷剧的人物逻辑不太远。

看来妇女同志人到中年,更不容易。

想想我们年轻时,觉得遇到个温暖的人,结个踏实的婚,顺理成章生孩子,三口之家其乐融融,然后有条件再添个娃,让两个孩子未来有个伴儿。

孩子们大了,各自结婚,各自生娃,然后我们儿孙满堂,共享天伦之乐……

这个人生幸福公式,不仅口口相传,报刊美文也这么写,电视广告也这么拍。

本来就是呀,生孩子是幸福婚姻的水到渠成、爱情的结晶、家庭的纽带,怎么走着走着,动作都变形了呢?

怪不得很多年轻人张来望去的,越来越不敢生孩子。

欧洲很多国家人口连续负增长,日本的出生率也在下降,连最喜欢传宗接代的中国也开始慢慢老龄化了。

《非诚勿扰》来过很多丁克的女嘉宾和男嘉宾。

我问他们原因:有的说,自己还没有长大,没有玩够,不想被孩子束缚、被责任捆绑;有的说,觉得这个世界压力太大,不想让孩子生下来吃苦;有的说,人类繁殖是大自然设计的延续法则,丁克的到来就是要反抗所有规则,争取自由!

总而言之,就是我们对自己还没爱够,对这个世界更没有信心。

生态环境没有给我们信心,教育环境让我们心生焦虑,婚姻质量让我们心有戚戚,过度宣传的传统道德又在无形中给我们增加了责任的压力。

如果说,生育的正面动机是爱,爱这个世界,爱生命本身,我们愿意再创造一个生命,一起感受人生的美好,传递幸福的爱意。那么,生育的负面动机大概就是怕,怕孤单,怕掉队,怕被抛弃,怕被嫌弃……

心理咨询师说,那些不愿意生孩子的人,往往是自己当孩子的体验不佳,同时感觉到父母也一样,并不开心。

如果我们是因为怕而生孩子,那么孩子来到这个世界上,看到我们眼角的忧伤,听到抱怨的言语,他们立马就体会到了我们的不开心,自然自己也高兴不起来。

总而言之,倘若我们不是真心实意地认为,活着是一件幸福快乐的事情,就不要再连累孩子们来消我们今生不如意的气了。

孩子理应是爱情的结晶,也是我们人类对自然生老病死的接纳,从而做出主动的奉献。

经过这番思考,我的思路虽然通顺了,但心情还是有点郁闷。直到我一个演员朋友欢天喜地约我吃饭。

"我们很有爱,也有钱,可惜怎么也生不出孩子了。"她说年轻时太无知,流产伤了身体,到四十岁以后,做了很多次试管婴儿都失败了。

年轻时各种想不明白,什么都没有准备好,生命来了。人到中年,物质、精神全都准备好了,生命又不来了。

"不过怀不上也没有关系。"我的朋友笑起来依然很好看,"去年我收养了一个小孩。你看照片,他居然长得跟我和我老公那么像!这是不是缘分?"

她给我看手机里的照片,那个孩子的眉眼真的很像她,头形、发色却像她老公。

当我们因为有足够的爱而生育的时候,连血缘都可以不再成为障碍。

妇女同志不容易,最终还是要打开自己思想的格局,拥抱幸福。

我顿时心生喜悦,认真地看着她说:"亲爱的,这不是缘分,这是爱的魔力。"

她的眼睛里都是光芒。

我仿佛得到了无比的宽慰:遇到焦虑的事情,是不是都应该从原来的格局里跳脱出来,换个思路,找找里面孕育的希望?

爱和怕,其实就是一念之间。

我们妇女同志啊,要想尽一切办法,把生活过得稍稍容易一点,再容易一点。

老而孤独,你惧怕吗?

我跟我的心理咨询师承认,我特别害怕老来孤独。

她问我:"为什么你觉得老了就一定会孤独呢?"

我脑海里瞬间闪过这样的画面:傍晚小学放学回到爷爷奶奶家,打开房门,节约用电的屋里暗暗的。我换了拖鞋往里走,爷爷坐在书桌前玩着永无尽头的纸牌游戏,在微弱的天光里,他的背影佝偻而孤独。奶奶在厨房做饭,喊我去端菜盛饭。晚饭后,我写作业,奶奶在十四寸电视机前煲两集港台剧。

一家人在一个屋檐下,却各自孤独。

这样的童年景象,陪伴了我好多年。

有一次,我数学单元考考砸了,一向数一数二的我,只得了86分,老师要求中午放学回家找家长签字。我把卷子打开交给爷爷,他看着试卷,也不说话,对着窗口一口一口地抽烟。

我站在旁边,一直等啊等啊,他就是沉默不语。我着急怕赶不上下午的课,又知道自己考砸了,不敢催他签字,只好忍着。窗外一片灰色,那十几分钟过得好像一个世纪一样漫长。等他终于签了字,我拿着试卷拔腿就往学校跑去,一路上都在掉眼泪。

如今想来,爷爷是在用内心的标准惩罚我,也是惩罚他自己。他的孤独和沉默像一把刀砍在我心上。于是，我尤其害怕衰老，害怕孤独，害怕成为爷爷一样的老年人。

为了对抗这样的痛苦，我开始拼命读书，希望得到他的夸奖，也积极与外界联结，用其他的情感填满自己。

当我发现自己肚子上有一圈赘肉，而孩子们回到自己的房间把门关上时，恐惧还是会爬上心来。

写《组织部来了个年轻人》的作家王蒙，在逝去的光阴里也不年轻了，他八十多岁时写了新小说《奇葩奇葩处处哀》，主人公是一位高龄丧偶的知识分子，在不断的相亲过程中，遇到一个又一个奇葩女人，把老年人的恋爱写得妙趣横生，又寂寞刻骨。

爱而终究不得。故事结尾，历经挫败的老人回到原配坟头，感慨从来没有真正站在女人的角度考虑过她的情感需要。自转到尽头，是一片孤独。

学会换位思考，是不是真的能带来温暖彼此的抚慰呢？

我很努力去爱，与对方共情，百般付出，但求脆弱时有问候，快乐时能分享。然而，夜深人静颈椎酸痛时，依然害怕老而孤独。

去年秋天，我去伦敦拜访一位我喜欢的作家。她住在市区一个老式公寓里。我提前找到那里，在旁边的街心公园坐了一会儿。树叶婆娑作响，雕塑低头不语，我感受到内心的宁谧。

敲开她的门，我看到一张热情又典雅的脸，她在英国长大，会说一点俄文。

她说她七十多岁时，丈夫去世了，女儿在印尼做公益，她平时住在英国北部城市，每天看书写作，偶尔来伦敦小住，这是她男朋友的家，他是个历史学家。

在满屋书柜的客厅里,我们讲生活,谈文学,度过了一个无比舒心的下午。

我问她,害怕衰老吗?

她说,怕也没有用,怕就写下来。

她带我去后面的院子散步,去附近的教堂参观,最后我们在街心公园告别。

我心里充满不舍,她紧紧拥抱了我。

那一刻,我突然感觉到了一种生命的力量和勇气。

想要摆脱孤独,不仅要学会换位思考,更要找到永恒的热情源泉,比如写作。当我们强烈地热爱着某件事,你会在这个爱好里思考、付出,看到自己的进步,找到自己的价值,从而在跟其他人的交往中,始终保持着自信和开怀。

想要摆脱孤独,也许就要承认和接纳孤独,学会与之相处。待它是街心公园的一片树叶,待它是漫长书卷里的一段对话,待它是生活里的必然遇见。

我曾跟儿子感慨,今天的我是过往生命里最苍老的模样,而儿子说,今天的你是往后生命里最年轻的模样。

所以,今天要好好过。找到我们热爱之所在,透过它,跟自己相处。

那么,余生也一定能好好过。

女人，长命好过致命

冬天快来了，闺蜜们的屋内话题也渐渐升温：表现美国大尺度婚姻问题的电视剧《致命女人》让人大开眼界，创业夫妻离婚相互撕扯的社会新闻更是让人唏嘘不已。

网友们更是把这两者放在一起，找到了一个横跨中美并穿越历史的共同议题：渣男遍地开，烈女杀无赦。

男人在道德层面的集体垮掉，让女人们有了杀戮的正义和勇气。

当女人们大呼"渣男！看剑！"，祭出闪烁血光的宝剑刺向负心人时，引来观众高声助威，甚至是集体狂欢。

手刃渣男之后，女人恶气一吐，心里会痛快一点吧？这个时候，真心的朋友们会给予深切的安慰吗？往后的人生怎么面对，过程中误伤了的孩子亲友如何加倍抚慰呢？

长夜当哭，受伤的女人不复仇太委屈，复了仇舐伤口，也真心不易。

最近这一系列屏幕上和屏幕下的精彩，令我想到了多年前看过的一篇方方的小说《万箭穿心》。

小说讲的是一个美丽勤劳的武汉女人承担着照顾一家老小的重担，但夫妻关系一直不睦。一个偶然的机会，她发现老公出轨，悲愤交加，打电话报警，导致老公失去工作和爱情，一蹶不振，一死了之。

老公死后,这个妻子辛苦支撑全家,但依然不能换来家人对她的原谅,尤其是儿子,在父亲死后长年对母亲冷暴力,考上大学后更是宣布断绝母子关系。

记得当年我看完小说,心塞了许久。

女人就算在道德层面占据了高地,报复了渣男,她是否真的就获得了幸福呢?

至少在这部小说里,她获得的不是爽快,而是"万箭穿心"的结果。

我想这里有两个层面的问题:第一,在情感关系中,我们要不要用道德审判的方式拷问伴侣;第二,当感情破裂后,我们要不要用极端的手段报复对方。

在生活中,我们会看到有的女人对道德的要求特别高,高到老公在街上多看一眼美女,当街就会骂渣男;手机三声铃响未接,他就是有情况;回家晚了,就要没收手机翻查记录。

而有的女人对道德的要求又特别低,老公公开出轨、出柜、暴力,她都表示"为了孩子""为了父母""为了面子",用传统妇德来劝诫自己忍耐,忍下去的是怨妇,忍无可忍有朝一日山崩地裂,她又成了烈妇。

前者是靠打压对方来否认真实的人性,后者是靠压抑自己来否认真实的人性。

在我的理解中,道德的初心是鼓励人们追求美好而提供社会大数据支持,在这里却变成了一个约束人性的工具。

谁只要站到了道德的高地,就有了声讨他人、折磨自己的原动力。而之后所有采取的极端行为,就仿佛具有了合理性。

暴力沟通、行为伤害的结果,必然是负能量的投射和反噬,最终两败俱伤。

我有个朋友,经历了一场不愉快的婚姻。在过去的三年里,我看不到她任何才华横溢的作品,只是一直在听她痛斥渣男前夫——她每期开讲的标题都是"渣男渣出新高度"。

最近的一次,她坐在我左边沙发义愤填膺的时候,我感觉到左半边头部开始隐隐作痛。

情绪是有能量场的。那一刻,我心疼天天跟她在一起的孩子,也怜惜她,只有长时间的痛苦压抑,才有这样的爆发力。

负面情绪需要表达,但是让自己陷入一个反复道德批判的思维模式里,这样的模式会不断产生新的负面情绪,不仅解决不了问题,还会源源不断地伤害自己,波及他人。

我在那么多年自己和他人的经验中,总结出一个小收获,就是在我们情感受伤的时候,先别去求助于道德的铠甲,那是一个虚伪的依靠,你以为穿上它就可以勇猛杀敌,获得同情,其实它掩藏了我们真实的脆弱,让我们失去了自我觉察的机会。

真实的脆弱,有其强大的力量,它不需要隐藏,它需要被我们看见、接纳。

一旦被接纳,它就会启发我们去接近迷人的真理,用恢复的理智去分析"我们到底怎么了"。

> 他为什么不爱我?他要什么?
> 我为什么还爱他?我要什么?
> 什么才是爱,什么才是自我?
> ——这就是自我成长的开始。

这些话，我想不仅给受伤的妻子提供另一个思路，对那些"摔杯子""做头发"的丈夫或许也是一种参考。

男人们受伤后，更是本能地从道德层面批判妻子，要么用攻击的方法公开谴责，发泄愤怒；要么用自我谴责的方法，渲染悲伤，增加道德的惩罚力度。

他们内心深处都有一个愤怒的声音在说："为什么我那么好，而你却对我不够好？因为你对我不够好，所以我要让你痛苦！"

而所有的防御，都意在掩藏那个没有被爱的自己。

因而我们看到了，在渴望爱的心理上，男人和女人的需求是一样的，都想要得到对方更多的爱；一旦不能如愿以偿，那么施虐和受虐的逻辑也是一样的：用暴力来解决问题。

如果我们可以不依赖对方来满足自己呢？也许可以跳出怪圈，迎来新的思维方式。

于是，我对朋友说，让我们收回对渣男的期待，期待落空后会产生失望，失望又积累演变成愤怒，这些都是因为我们太关注对方。我们还是把注意力转移到自己身上吧，收起伤痛，给自己一个拥抱。

他不爱我，我就不能自爱了吗？

最近我在读历史学者史景迁根据《郯城县志》写的《王氏之死：大历史背后的小人物命运》，他讲到清朝初年山东郯城王氏被疑出轨，最后被丈夫掐死的史实。

我又读到了熟悉的、祖祖辈辈流传下来的生活逻辑：先道德批判，再暴力惩罚。

这些用道德和暴力覆盖人们真实感受的老规矩，已经不适用于新时代了。

在新的时代中,我们每时每刻都不要忘了:我是谁,我爱什么?

我们要足够关注自己的感受,再用真实的自我感受与他人连接,与世界相处。

放下屠刀,立地美拍。长命好过致命。

这是我要的生活

不上班也有人养是什么感觉？男人在外打拼，你在家岁月静好？

从容地贴面膜、做运动，把家务做出罗曼蒂克的美感；孩子睡醒就看到妈妈温和的笑脸，放学看到妈妈在校门口张开怀抱等待，回家有可口饭菜和爸爸满意的表情，睡觉前听妈妈耐心讲故事。

对如此美好生活的想象，经常出现在焦虑失眠的夜晚。想起明天一早就要开会，昨天客户的条款还有两条没谈好，孩子的家长会通知突然发来，家长群里老师正组织家长接龙回复。

不禁抬头遥问苍天："有没有男人可以养我，我能不能不上班呀？"

有一部叫作《我的前半生》的电视剧，冷静地告诉我们：靠男人养家的全职太太前景堪忧。

听说该剧播完，保险公司就组织全职太太们买保险："你们先给自己买好保险，然后加入我们一起卖保险！女人要自己挣钱，才是最大的保险。"

还有一部叫作《如懿传》的电视剧，描绘了一群全职太太的人生困境，不管是有颜值还是没颜值、有文化还是没文化、有背景还是没背景、有孩子还是没孩子，最后一样都郁闷。

靠陈俊生养，肯定不牢靠；靠贺涵养，不知哪天他会不会变成另一个陈俊生。

男主外女主内,经济上依赖男人的生存方式,让我们太没有安全感。

那么!如果我们自己养自己呢?

赚点钱,短暂回归家庭试试?

我提前半年规划了为期十天的全职主妇生活。

暑假来临,我在硅谷租了一套两居室,孩子们在附近夏令营上计算机设计课程,儿子住校,女儿住家,我跟当地的朋友们隆重宣告,我要来当好妈妈,补偿对孩子亏欠的陪伴。

"希望的主妇"生涯如约上线。

早晨六点闹钟一响,跳起来给女儿做早餐,然后把脏衣服放到洗衣机里,两个人骑上自行车出门。

到了教室,抱抱再见,骑车回家,把洗衣机里的衣服放烘干机,收拾房间,清理厨房。

窗明几净后出门买个小菜,还有若干垃圾袋。

中午取了烘干的衣服,收纳清爽后,给自己煮碗面配俩剩菜。

为了不沦为纯粹的家庭妇女,下午报名去画室学习绘画,陶冶情操,优雅升级。

下午出门接孩子放学,母女俩沐浴着夕阳骑车回家。一头扎进厨房,四十分钟搞定荤素搭配的三菜一汤。

晚餐锅碗瓢盆洗刷之后,进入暑假作业陪伴模式,她写口算,我刷手机,偶尔串个门,让孩子们做个伴,一起刷个抖音,听听童声笑语,主妇们组团探讨御夫之术。

睡前给女儿一个晚安抱抱,倒在床头,来不及轻敷面膜,沾枕头就睡着。

这疲惫不堪之感,从何而来?

比如做好了营养早餐,女儿姗姗来迟,表情迟钝地喝了一口牛奶就说不饿。

怕放学接送迟到,良母早早打扮停当,在草坪等待,结果女儿跑出来说这个课程没意思,妈妈给我玩iPad吧。

太太们的下午茶说,老公出息,孩子听话,还稍稍有点成就感;老公冷漠,孩子淘气,真不知道日复一日地图什么?

为什么中产"希望主妇"当着当着还是有失望感?

因为在我们为生活努力时,总有种希望别人来买单的期待,这种希望叫作别人认可我们的付出,珍惜我们的劳动,因此更爱我们。

只是,我们的幸福感,并不由某一种生活形态决定。

所谓的希望,也不由他人的认可浇灌铸成。

工作是我们跟社会联结的重要方式,相应的压力也是能让我们成长的友好机会。

为了逃避压力,做出离开的决定,是我们对自己感到失望,更别说躲到家庭的保护伞里,继续向他人索求肯定。

为逃避社会压力,为满足家庭需要,这个全职太太的心态起点,本身就走得颤颤巍巍。

当你花了好几个钟头买汰烧,精心烹饪,而桌子对面的筷子却意兴阑珊。

你要问问自己,在这个过程中,你真心快乐吗?你是否过度付出,而空心了自己?

我的绘画老师Caroline(卡罗琳)是一个快乐的七十岁的老太太。

她的绘画天马行空,色彩纷呈。

第一天见面,我看到她五颜六色的电脑绘图时,心里咯噔一下,这跟俄罗斯老师教我的写实主义完全大相径庭。

第二天我们去公园写生,我看到她落笔后不断调整构图,尝试各种对比色彩碰撞,简直不屑一顾。

第三天是湖边速写课,Caroline跟我说:"我发现你落笔的刹那就在构图,你太注重规则和计划。你试试速写时,眼睛不要看纸,一直眺望远方,由着笔跟着你看到的景色移动。"

你要活在你当下的感受里,不要活在别人的规则里。

我瞄着一棵植物,画了一张真正的"随心所欲"。

那样轻松的感觉真好。

Caroline说自己来自英国,十七岁时跟一个德国男孩结为笔友,坠入爱河。

当时是20世纪60年代,英国和德国关系不睦,男孩家里反对,他们就停止了交往。

之后Caroline经历两次婚姻,搬到美国,有了两个孩子。

丈夫去世后,她住在儿子家里照顾孙子。

两年前,她给孙子讲睡前故事,突然想到了德国的那个恋恋少年郎。

五十五年没有任何音讯,她尝试着去网上搜寻他的名字,结果发现他已经成为一个非常有名的建筑设计师。

她忐忑地给他写去了邮件,得到了喜极而泣的回复。

从那天以后至今的每一天里,他们都会通一个电话、写一封邮件。

但是就算晚年重拾初恋,她依然说:"我不会去德国找他。我喜欢每天教授绘画的生活,我希望用我的绘画态度,给我的学生们带去启发。这就是我选择的生活方式。"

我扪心自问,那我现在的生活状态是我喜欢的吗?是我经过思考后选择的吗?

我们终其一生,不就是要努力成为自己生活的主人吗?

我问孩子们,经过这个礼拜,你们喜欢妈妈上班还是在家陪伴,他们说:"只要你是开心的,怎么都好。"

而我真正的开心,是自由,是自主,并且勇于面对所有可能的结果。

回国上班去!让暴风雨来得更猛烈些吧!

这是我要的生活。

第五章

05

我

不念过去，

更不畏将来

愿我们女人,至死都是少年

最近网友脑洞大开,做了一个电视剧的海报,叫作《淑女的品格》,主演是袁泉、俞飞鸿、陈数、曾黎。

也许是因为我跟袁泉合作过《我的前半生》,跟俞飞鸿合作过《大丈夫》《小丈夫》,所以好多网友把这张脑洞海报@给我,鞭策我做一部四大不婚女王剧。

我想年逾四十可以不被婚姻束缚,呈现出海报里写的"美丽自由又多金"的状态,大概是很多被父母逼婚、抱着娃加班、等老公回家的女人的内心呼唤。

这个我特别懂。

但是,电视剧是大众艺术,我觉得我国的客厅文化还没有宽大到可以包容一部宣扬所有女主都不结婚还能过得好的剧。

我还记得在《我的前半生》播出的过程中,很多观众大骂三观不正,骂得编剧关闭微博评论,其主要喷点是善良女主遭遇离婚,而腹黑小三却上位当了老总太太。

在他们的理解里,好女人应该结婚当老总太太,坏女人应该离婚,居无定所。

"为什么让女主最后跑到深圳打拼,没有跟男主结婚!三观不正!"

把维系婚姻并可以不劳而获当作女人幸福的标准,这才是最大的三观不正。

用结婚与否来核定女人的价值,是传统且失之偏颇的观念。我们判断女人幸福的标准,是看她脸上是否有笑容,她是否还在创造生命的价值,这一切跟房子无关,跟婚姻无关,跟工作无关,跟孩子无关。

它只关乎我们有没有独立,我们有没有成长,我们有没有保持对生命的原始好奇心。

而脑洞海报上那句slogan(口号)——"女人全死都是少年",非常打动我。

对,不是少女,是少年。在保持对生命好奇和热情的问题上,没有性别差异,我们都是"人",不分男女。

我想这是这张脑洞海报迅速获得几万转发并上热搜的原因吧。它讲出了一种新的女性价值观。

而这个价值观,我绝对认同,并身体力行。但是在若干年前,我完全不敢想象,自己还能过上这样"至死都是少年"的生活。

那时的我,在思考生命意义的时候,用的是墓志铭法。我曾在一本书上读过,如果不知道自己要什么的时候,可以问问自己,不要什么;如果不知道生的意义,可以问问自己愿意以什么样的面目死去。

我觉得我的墓碑上应该文艺地刻着一排花体字:"她,是一个贤妻良母,还做过几部温暖人心的作品。"

想到这里,我被自己"爱的奉献"感动了。所以,十几年来,我一直握紧拳头,努力当好贤妻良母。

贤妻怎么当呢?支持老公工作,料理内务,有什么不愉快尽量忍耐,不要争吵,不要面对。

良母怎么当呢？少工作,多在家,母乳喂养,贴身照顾,努力让娃进重点学校,陪娃做作业、上奥数班。

我心力交瘁,积怨满腹。

仓皇间,我问丈夫,我们未来的生活目标是什么。他说,拼搏十余载,提早退休,周游世界。我一算,十几年后,我已经妥妥步入更年期。

奇怪,为什么要忍辱负重十几年,到更年期白发丛生再周游列国？

有一天,我终于厌倦了,这不是我要的生活呀。

我热爱文学,读书的时候就开始打工赚钱,周游世界。我热爱学习,上班后自学戏剧史,参加北京电影学院导演系博士招生考试,获得过笔试第一的成绩,虽然最后没有被录取,但培养了我的信心,决心在艺术领域不断探索。

这几年,我又自学心理学,从中感受到了心灵的逐步自由。

我卸下了贤妻良母的人设,我想为好奇心而活,我想跟我的孩子们成为朋友,陪伴他们一起成长,体会生活的奇妙。

我们一起学习打架子鼓、骑马、滑雪。我们平日不学奥数,周末登山,假期看望孤儿。

我每天睁眼,想到工作,都充满创造的激情。

去年,录完当月四期《非诚勿扰》,大家一起去吃夜宵,听孟非老师和黄磊老师桌上热议,在中国哪个城市养老比较好。他们一会儿比天气,一会儿比医疗,头头是道,不亦乐乎。

我心下暗想,奔五的你们已经计划养老,但不到四十的我还年轻哪！我的人生才刚刚开始！

祝愿我们这些前半生辛辛苦苦的女人,至死都是少年。

不伪装的坚强

《非诚勿扰》来了一个说话很强硬的女嘉宾,我约她到后台聊聊。她跟我说,她来自农村,小学开始就独自生活,青春期还遭遇过性侵,告知长辈后,也没能惩戒罪犯。她带着压抑的伤痛一直活到现在。大龄单身,常被耻笑。

虽然身边找我倾诉的朋友很多,而我也总是能给他们一些帮助,但遇到伤势这么重的女孩,我有点心情沉重,手足无措。

再次录像时,一个很小的话题触动了她,她竟然在台上讲起了早年被性侵的往事。我心下一惊,当时台下有上百名观众,她这样公开袒露伤口,真是件危险的事。

我心想,此时无论如何都要支持她一下。于是我对她表示充分的同情和理解,也分享了一件我童年时被色狼骚扰的事。那件事我很少回忆,它曾给我带来异常的恐惧,因而我至今害怕黑夜。

但是话一说完,场面更冷。节目组着急切换话题,恢复欢快的相亲风格。我也马上调整情绪,继续录影。

这期节目录完后,我回到酒店房间,心上好像被扎了一刀,黑洞里往外淌血。一整夜噩梦连连,醒来时感觉人虚弱得不能起床。

那一刻我发现我是那么痛苦和孤独。连不是很熟的朋友发来微信,我都恨不得跟他们倾诉所有的委屈和难受。

我想,这就是陈年伤痛被泛起时的无力感吧。我能同情他人,而有谁来同情我呢?

回到北京后,我依然闷闷不乐,伪装忙碌。我找心理咨询师排解,他说:"从心理学角度,女嘉宾在公开场合袒露被性侵的经历,就好像是一颗核弹在台上引爆,你想用自我袒露法与她共情,但你都没有处理好自己的童年阴影,身单力薄还挺身而出,只能说你太勇敢。

"那些牺牲自己来帮助别人的人,都有一种拯救情结。

"与其说你想帮助童年孤独无依的她,不如说是你想保护内心深处童年孤独无依的自己。"

领悟到这一层时,我发现自己满脸都是泪水。

我的成长经历在外人看来非常顺遂,但我知道自己幼时有很多不被理解的孤独,以及强颜欢笑的坚强。

我去孤儿院、去贫困山区,我想帮助那些脆弱的孩子,也是对他们的需要感同身受。然而此刻,我意识到,我最需要的是回到童年,对黑夜中哭泣的自己说:"我懂得你,我陪伴你。"

之后一个月,我感觉自己好多了。

当我回到舞台,听到那个女嘉宾的发言和歌声,都比以往更自信。她说她一直在看我推荐的书。更妙的是,她还勇敢地牵起了心仪男孩的手。她向我表达了特别的感谢,我不禁潸然泪下。

"核弹"爆炸后,我们两个没有同归于尽,而是在被摧毁的废墟中,重建了人和人之间的相互信任。

我想,那些曾经的伤痛,是为了让我有机会去理解有同样伤痛的人,然后我们可以抱团取暖,彼此治愈。

从此,我遇到那些动不动就想两肋插刀的热心朋友时,常常看着他们的脸庞,想象他们曾也有过很多无助的时刻,忍下很多艰辛,所以才能分外体贴别人的不容易,愿意施以援手。

于是多了很多股暖洋洋的心流。

我的儿子十七岁,正是对世界有很多好奇的年纪。他说他认为,我们在世界上遇到的他人,其实都是我们自己。我们在他人身上看到了自己,因为体恤自己,而更加热爱他人。

少年尚且能把人生看得如此通透,那么历经沧桑的中年人,是不是也要穿透迷雾,乐观往前呢?

这个事件之后,我下定决心做一部性侵维权主题的电视剧,把伤痛表达出来,让人重获力量,就是伤痛的正面意义。

我感到了从未有过的、不伪装的坚强。

2020年柔软的愿望

上个月,我回到大学母校参加校庆。

大连西路校区的大操场变成了塑胶地,原来煲电话粥的小亭子拆了。从教学区走到宿舍区必经的小路上,曾有一个散发着浓浓香味的"安徽料理"鸡蛋饼小摊,如今问了一圈,都没有人知道去了哪里。

我的大学回忆都是有关20世纪90年代末的上海:冬天在淮海路跳上一辆双层公交车,一路看风景,看着看着就睡着了,等醒来一看,车已经载着我到了浦东。那时候的浦东还非常冷清,凛冽的夜色扑面而来……

那个时候每天拼命读书却不知道未来会怎样,渴望爱情却不知道缘分会在哪里,处处不安又满怀憧憬的青葱岁月让我深深怀念。

于是,当我们团队讨论今年团建去哪里的时候,我突然想到了越南,听说越南就是20世纪90年代的中国。

从北京飞了三个多小时,我兴冲冲地下了飞机去河内机场办理落地签。一堆外国游客围在柜台前,熙熙攘攘;若干个工作人员穿着军装,慢慢吞吞。

我观察了一下流程——收集、输入、叫号、付款、领取——全是人工操作,落地签所有信息都要手动输入并加贴照片,以现场工作人员的工作积极性来推测,没有半小时根本办不完。

这时走过来一个挂着标牌的越南人,问我要不要帮忙,他用中文说"一百块,马上好",我以为是官方的加急服务,给了他一百元,他也没有给我任何发票或是凭证,只是拨开众人,把钱递给了柜台上的军装男,很快我就听到发还护照窗口喊了我的名字。

这是多么熟悉的操作呀。

穿过白人游客焦灼等待的目光,我拿到了带着落地签的紫红色封皮护照,但心里并不太舒服。

来接我们团的越南翻译叫小慧,说一口流利的中文。她说她今年三十岁,十八岁那年去马来西亚打工,整整十年,跟马来华裔学会了中文。

她带我们去了河内的著名景点:还剑湖、大教堂、歌剧院。街上遍布越南传统狭长的小楼,掺杂着法国殖民时期留下的欧式建筑,拐角是玻璃贴面的闪着霓虹灯的商业中心,一条街走下来,仿佛走过了近一百年的越南历史。

这是多么熟悉的历程啊。

吃饭的时候,小慧羞涩地说:"黄老师,我外出打工直到二十八岁才回到越南,成了大龄剩女。爸妈催我结婚,但我不喜欢越南男人,他们每天喝酒打女人。我妹妹虽然早早嫁人,生了孩子,还是受不了打,离婚了。我觉得还是中国男人好。以前还想着要不要来中国参加《非诚勿扰》呢。不过现在不用啦,我已经怀孕一个月了。"

大家听着她的话,都放下了筷子:"你男朋友是中国人?"

小慧很骄傲:"对!是中国人,他来越南打工不到一年。他说他回家过年,过完年就来越南跟我结婚!"

团队里有家庭剧的编剧,听完就为她捏了一把汗:"若真想结婚,那不应该带她一起回家过年吗?"

"小慧对中国男人有这样痴迷的幻想,会不会被骗呀?"

虽然大家在心里嘀嘀咕咕,但口头上还是热情地恭喜小慧要当妈妈了!

举杯的刹那,我想起了当年多少中国女人,也是一心想嫁给外国人,这是多么熟悉的期盼呀。

第二天,我们去参观了越南国家历史博物馆,尽管越南的文字看不懂,但是场景里处处都是我们熟悉的味道,那里有列宁的画像、中山装领导的雕像、斑驳的枪壳、带标语的搪瓷杯……

我的脚步走过越南历史的一个个展厅,可我的心却重温了中国历史的一幅幅图景。

离开河内的时候,小慧来送我们,她说她的妹妹现在把孩子交给父母带,自己在城里打工赚钱,越南男人离婚后一分钱抚养费都不出,女人只能靠自己。但是如果嫁给中国男人,肯定会享福。

看着她一脸"傻白甜"的沉迷神情,我想如果那个男人不回来找她,我们也完全能够理解他的顾虑。

但是,我们依然暗暗祈祷那个答应娶她的2020年的中国男人,不会让这个带着20世纪90年代中国价值观的越南小妹失望。

就好似离开河内的我,在三天里温习了过去三十年的经历。我回想起,当年为了考个好大学,如何拼命读书;为了在外企大量涌入的环境中找个好工作,如何选择了外语专业;为了让自己的专业更有优势,又如何努力去海外留学;为了事业、家庭共同发展,如何夜以继日、殚精竭虑……

我所有的逻辑都是为了创造更好的生活。如果我出生在越南,也是一个努力的越南小慧。

再次翻开2020年的月历,心里已经没有了对20世纪90年代的留恋、惆怅和遗憾。90年代,它就是它,它有它的生存哲学,它有它的合理因果。

正因为过去种种,才铸就了当下。

我理解了,也就愿意和解了。

飞机上我在读叶兆言写的《南京传》,他以南京为芯,从公元211年孙权定都写到1949年蒋介石离开,把发生过的重大历史事件如时针般在岁月的表盘上复刻一遍。

阅读中,我会跟着南京的兴衰起伏而情绪波动。

合上书,我发现,尽管几千年历史风云变幻、世事变迁,但时光一直在走,从未有片刻停歇。

永远在变化,才是唯一不变的规律。

飞机落地北京。2020年的北京。

茫茫夜色中,我隐约看到了我有限生命的经线和纬线:出生在20世纪70年代末的中国,经历了改革开放这四十多年,目前在北京生活,也常去各地旅行。大概率来说,我还有三四十年的日子好过。

这就是我的刻度。余生会经历哪些波澜,也是大约可以推算和想象的了。

认识到自我的局限性,这也是一种长大。我拖着行李,这样想。

那就用有限的生命,去拥抱无限的变化吧。

再见了母校的电话亭,再见了鸡蛋饼。

时光奔流向前,这是它的规律,我已不再抗拒。

只是心头还有那么一点小柔软:无论小慧婚姻是否如意,但愿她肚子里的小宝宝是一个喜悦的生命。

我们焦虑的仅仅是丧失健康吗？

过了四十岁的生日以后，我就开始向下一个十年——"知天命"狂奔了。

"天命"是要察觉上天的命令吗？是要明白自己的人生早有定数？还是认同现实之强大而就此放弃较劲？

不管如何理解，但有一点是共同的，那就是：别老自己以为了，听听其他的。

比如，你觉得你还能熬夜，但事实是之后补睡好几天都缓不过来；比如，你觉得你心明眼亮，但事实是远的看不见、近的看不清；比如，你觉得人生得意须尽欢，但事实是喝醉一次胃痛一周……

我琢磨着，想要知天命，先要知自己吧，至少要搞明白自己的健康状态和体能极限并适当地维护及优化吧？

于是我非常俗套而相当从容地进入了养生保健模式。

枸杞茶随身带，健身教练找起来，正骨针灸勤问候。

"生命健康"成为中年人的常备焦虑。微信分享养生方法，推荐美容保健医生，已是社交的主流话题和友谊的表达方式。

但就算如此，我们依然对自己的健康状况不太满意。

我这两年骑马摔伤了腰、滑雪摔断了骨，最近开始重拾青春梦想——打排球,多少年不打球了,一上场就伤了右肩,一个月胳膊提不起来。常年伏案工作,稍稍一动,腰伤又犯了,一个礼拜坐起费劲。

正值青春期的儿子,驼着背趴在书桌上写作业,他抬头说:"妈妈,我觉得很奇怪,为什么你们中年人老胳膊老腿还要拼命运动,不停地受伤,而我们年轻人身强力壮,却反而被按在书桌前读书?"

咦,好像是这么回事哦。

我们小的时候,家长、老师告诉我们,读书是世界上最重要的事情。分数高、戴眼镜、驼背都没关系,找不到对象也是专心学习的表现。体育课常常被班主任调去补课,早自习、晚自修,睡眠时间压缩到坐着都能打呼。

等我们毕业了,又开始为了工作透支体力,我曾经天天加班到深夜,二十多岁就长白头发,工作一调整就焦虑到得胃病,日程本里记得密密麻麻,天天偏头疼。

等成家养娃以后,更是累得直不起腰,一分钟要掰成两分钟用。能在马桶上多坐一会儿,发一会儿呆,都觉得到了人间天堂。

时光如白驹过隙,我们终于走到了工作稳定、孩子长大的黄金岁月。但是我们的体检报告越来越长,看医生的次数越来越多,恍然中踮起脚,探头看看,前方天命还剩多少。

可不可以换个思路,年轻的时候努力建设、身心健康,人到中年发挥智力、奉献社会?

我走访了很多有创新理念的幼儿园和学校,他们把体育锻炼和劳动技能培养放在教育的第一位置,把情感认知和交流技巧放在第二位置,把知识灌输挪到后面。

他们说所谓的"不要输在起跑线上",父母仅在知识层面跟孩子较劲,巴不得上幼儿园就会加减乘除、唐诗宋词,外加一口流利英语,这样的孩子培养出来就是我们看到的"大头儿子",头大,身体纤细,情感无能。

唉,我叹口气,我们这一代就是这样被培养起来的,而我们还在原来的思路里培养我们的孩子。

长了皱纹就崩溃,老公劈腿天都塌的中年女人们,现在流行用"身心灵"疗法来缓解"不够美、不被爱"的焦虑。

各派的治疗师,都会用同一种方法开启身心合一的第一课:深呼吸。

我之前有点不屑一顾,呼吸不是人类的本能吗?

是的,我们生下来就会呼吸,正因为如此,我们才忽视了呼吸的重要性。当我能够深吸一口气,感觉到气进入我的身体,甚至潜入腹部,再悠悠地把它吐出来的时候,我明白了一个道理:就算呼吸是人类的本能,但我们依然可以自由和自主。

我们的身体会衰老、会死亡,但是我们在很大程度上,依然是它的主人。

在我们为生命和健康焦虑的时候,恰恰忘了,我们不必服从于某一种价值观、某一种生活模式、某一种"他人的意志"。

我们可以掌握自己的呼吸,我们可以调整自己的想法,我们也可以活出一种自己的节奏。

新冠肺炎袭来的时候,大家都在家里前所未有地就这样待着,每时每刻都在体会健康生命被威胁的恐惧。我们好像从来没有像现在一样,全国上下,那么真切、那么集中地感受和思考健康的问题。

我们感受到了心底深处对死亡的焦虑。

我看到微博上有人采访一个父母都在医院而他独自在家的小男孩,他说他很孤独,记者问他怎么办,他说:"我做深呼吸。"

当我们不能掌握命运的时候,我们就会恐惧。当我们可以自己掌握命运的时候,体会到自我的力量,心里才会生出乐观和勇气。

而乐观和勇气往往是健康的前提,所以健康的生命说到底是属于勇敢自主的自己的。

怎样才能走出自己的生命节奏?我觉得也许是从自主地呼吸开始,从明白自己想要什么样的人生开始,从恐惧中绽放出新的认知开始。

我翻朋友圈的时候看到一张照片,上面是滔天的巨浪,看得人胆战心惊。我小时候学游泳被教练淹过水,对海浪有恐惧。我盯着这幅画看了一会儿,关注到画的角落里站着一个无畏的人影。他面对巨浪时的淡定姿态打动了我。

我决定用油画把这张照片画下来,用于纪念这段全民抗击疫情的特殊日子。让我们有勇气直面所有的恐惧,进而看到恐惧背后,也有正面的意义……

比如,疫情的到来让我们倍加珍惜生命和健康,以及人间真情;我从身体伤痛中恢复过来,不为恐惧衰老而运动,打球就是因为自己单纯热爱;而中年人也可以收起"知天命"的焦虑。

疫情过去后,让孩子们过他们想要的生活吧,去运动、去欢笑、去爱……

我们可以一起面对恐惧,笑对未来。

在历史中走一走

小时候上学不喜欢历史课,觉得都是死记硬背,学起来枯燥。工作后,看了《明朝那些事儿》,哎呀,原来历史里的人物那么有意思。我参与制作的《女医·明妃传》,其主体故事就发生在明朝"土木堡之变"到"夺门之变"之间。而制作《如懿传》的那两年,全剧组学习清史,我发现,那些历史上出现过的人和事,能给予现实以充分的参考和观照。

上周去了趟古城咸阳和西安,看到了唐高宗和武则天的合葬墓以及兵马俑。

导游带我们走到一块方碑前,介绍这叫"述圣纪碑",是武则天为死去的唐高宗立的一块石碑,上面写满对丈夫的溢美之词。武则天在石碑对面又立了一块更雄伟的石碑,上面雕刻九条龙,却没有撰写一字半文,这就是著名的"无字碑"。

导游介绍说,历史界对无字碑为什么无字,有几种说法:武则天故意留白;要么觉得自己功绩伟大到已无法用言语描述;要么大师心态,觉得自己一生功过,交由后人评说。

导游补充说,但是按照后人为前人立碑撰文的传统,武则天的碑文应该由她的儿子李显来主持撰写,因此有历史学家认为,由于李显对武则天的评价充满矛盾,最后选择放弃表述,留白给历史。

我看着这块历经千余年的无字碑,仿佛感受到了一个妈宝男对强势母亲的一声叹息。

挨着乾陵的永泰公主墓,导游说非常值得一去。永泰公主是武则天的孙女,传说当年十七岁的她,因为在背后议论奶奶的男朋友,被奶奶下令杀死。等残忍的奶奶死后,心疼永泰公主的李显赶紧给她建了一个超高标准的陵墓。

我钻到墓穴里去看,发现仕女壁画生动优美,陪葬器物丰富珍贵,我想李显一定是很爱这个早逝的女儿,才会那么用力抚慰她的亡灵。

以李显这样的心境,也的确不想对泯灭人性的母亲再说什么歌功颂德的话了。石碑无字,大概就是一种无言的反抗吧。

想想武则天这个中国历史上唯一的女皇帝,她用科举制打破世袭制,提拔人才看能力不看出身,也算是威风凛凛、勇于改革的事业型大女主。但用酷吏搞管理,对人缺少信任和关爱,这样的管理风格不能长久得人心,她身边的亲人个个心里都凉凉。不管是她自己关闭评论,还是儿子不想留言,总之,无字碑变成了一个人性缺失而又万分独特的历史符号。

同样没什么人性的独裁大男主秦始皇,倒是给自己搞了好些个兵马俑来保持自己死后依然统率千军万马的人设。看到兵马俑在地下成群结队,场面十分壮观,我也是心跳不已。导游激动地说:"千人千面!历史奇观!"

傲慢的将军、谦和的文官、愚忠的马夫、骁勇的士兵,每一个陶俑表情各异,这大概是摩肩接踵的参观者被深深吸引的原因。我仔细观察兵马俑的面部线条,感受他们当时当刻的情绪,心流涌动,时光仿佛静止。

所有修建秦始皇陵墓的工匠都被处死,完全不把人当人的秦始皇,却在陪葬的陶俑身上保留了最深沉、最真实的人类情绪。他也知道,驾驭一支栩栩如生、千人千面的陶俑军队,比驾驭一支复制粘贴的死板军队,要更爽气些。

这就是艺术的力量:在泯灭时,记录;在压抑时,渲染;在沉默时,反抗。

我坐上飞机,从过去的首都飞回到现在的首都,机翼切割薄云,思绪万千。

我们从不否认统治者的丰功伟绩,但他们遗落在人间的文物,却在那么强烈地诉说着未尽的情感……

有爱的人,才属于历史啊。

用伟大的爱去做些小事

工作压力、情感困扰、家庭琐事,我发现,突然某一天,朋友圈一刷,闺蜜们的育儿自拍、生活吐槽忽地变身成了禅宗密语、圣经警言。

受此启发,我跟着孩子们踏上了为期三天的贵州贫困山区支教之路:在小情小爱的格局中作茧自缚的时候,试试打开胸怀,让无疆大爱来升华一下打结的灵魂。

我们去往的是黔西南的镇上小学,比想象中的实在优雅太多。

我还以为贫困山区的学校仍然是几十年前希望工程宣传海报上的情景——孩子们连像样的桌椅都没有。

大学时学校组织我们跟贵州山区小朋友通信,小朋友的第二封信就要求我给他寄两百元钱买铅笔,吓得我都不敢回信。

但是如今这一去,发现镇子上的小学除了窗明几净的三层教学主楼,还利用社会各界资助建起了图书馆、音乐教室;传统的黑板已经被"班班通多媒体屏幕"所替代;老师们学历过硬、教学严谨,英语、艺术等课程的老师都来自"资教计划"的招募;孩子们穿着校服,吃着政府提供的免费午餐。

校长自豪地介绍:"经过这几年的努力,我们办学已经解决了硬件问题,现在村里寨上所有的学龄孩子都能上学。"

我迈着轻快的步伐走在绿意盎然没有雾霾的校园里,心里升腾起歌唱祖国的豪情。

"这里的孩子们大概有三分之一是留守儿童,父母外出打工,一般是老人照顾生活,个性比较羞涩。"老师很欢迎我们这些来自北京的学生和家长,鼓励我们放学后跟着当地小朋友们回家看看。

我们带着好吃的、好喝的,还有橡皮泥做的小礼物,跟他们一起踏上了回家的路。

真没想到在云贵高原上沐浴着习习微风,走一个小时的山路竟有那么累。

四公里的路程,贵州小朋友们边走边打闹,习以为常,而我们居然走出一身汗,路上歇腿好几回。

到了十岁苗族小朋友金英的家,屋子里黑黑的,没几样家具,却跑出来两个小男孩,一个还光着屁股。

老人家看到有客人来了,为小娃娃光着屁股有些不好意思,她跟我解释,不是不给孩子穿裤子,是孩子调皮不肯穿。

她搂过金英,说这是她的曾孙女,她今年已经九十岁了。

"造孽呀,死不了呀。"老人家眼睛虽然浑浊,但身板依然笔挺。

她看到我,不知怎的,就开始摸我的手臂,她那粗糙的手掌,就像树枝一样摩挲我的皮肤。

"我想我的孩子了。"她用手抹起了眼泪。

我有点被她突如其来的眼泪惊到了,她的孩子——金英——不正站在她身边吗?

光屁股的小男孩,正用力地撕开礼物的包装袋,生龙活虎的模样。

那老人对孩子的思念从何而来?

哦,这是九十岁的曾祖母,她说的孩子,指的是不是离家的第二代和第三代?

她看到我,大概想起她壮年的孩子们了。

领会到这一层,我的眼眶也湿湿的。

她想她家的孩子,而我想我家的老人了。

金英说,不知道爸爸妈妈在哪里打工,一年当中,他们只有过年的时候才会回来,因为他们要赚钱。

金英一脸愁苦,紧紧贴着老太太,仿佛是她的拐杖。

金英每天放学以后要喂猪,做家务,照顾弟弟。

我想起一年级的张云祥午休的时候找我打排球,他说长大了以后要当发明家,发明一个机器,把一个人放进机器里,就会出来两个人、三个人、四个人……

我问:"你要变出那么多人干什么呢?"

他神采飞扬地说:"一个扫地,一个擦桌子,一个做饭,一个洗衣服……"

看着我女儿捏的彩泥礼物,他怯生生地问:"能不能送我一架小飞机?"

我说:"送给你,再送你一块橡皮泥,你学着也做一架。"

从金英家里出来以后,我们去五年级二班班长家。

班长今年十一岁,对北京来的同学很友好,学习成绩名列第一。

校长介绍说,她家里是爷爷当家,父母外出打工,还有两个哥哥在读中学。

班长带我们走在乡间的小路上,赶走邻居家的两条恶狗,弯弯绕绕来到家门口。

我们看到一个瘦成麻秆的小男孩捧着一只碗、唱着不成调的曲子走过来迎接我们。

班长看到他就有点急,把他往屋里赶,爷爷很尴尬,说这个孙子脑子有病,不会说话。

我说别把他赶走,看到家里来客人,他唱歌欢迎,也是心情愉快呀。

班长弟弟大概是听出了我对他的友好,咿咿呀呀地朝我走来,班长想拦着他,结果他靠到了我身上。

我抱起他,放在我腿上,他抬起头看着我笑。

我们一起咿咿呀呀唱起不为他人知晓的歌曲。

班长倔强的面容松弛下来,我想这个有病的弟弟,也许是她故作坚强神情背后的一个原因吧。

我抱着她的弟弟,弟弟用纤细的手指拨弄我的指甲,他越唱越高兴。

我想起我在南京福利院重症孤儿临终关怀宣传栏上看到的一句话:每个孩子都是一朵花,只是花期有长有短,他们都需要用爱去浇灌,而这个爱,是接纳,是给予尊重和尊严。

在老人眼里,那一刻,我也许是她的孩子;在孩子身后,这一刻,我也许是他的妈妈。我感觉到被需要的快乐和幸福。

家访过后,校长给我们的支教任务是给五年级的孩子们上英语课和音乐课。

女儿和她的同学们经过反复演练和精心准备,在妙趣横生中完成了教学任务。

班长在课堂上跟我女儿进行了英语对话表演,她们的表现格外出色!

跟我同月同日生的特蕾莎修女说过："我们常常无法做伟大的事，但我们可以用伟大的爱去做一些小事。"

我想，这些小事可以是一次抚摸、一个拥抱、一声大笑。

无论我们将面对什么、走向何方，每天醒来，我们都可以提醒一下自己：唯有爱这件事情，是越付出越收获。

这个时代最稀缺的底气,叫"稳"

一出生就被忧患驱动的人

忧患意识对我而言,并不陌生。

和很多人一样,从小我爸爸对我是高要求、严标准。他灌输了我很多的"真理":你要好好学习,不然以后找不到工作,谁养你;你如果很差,父母就不爱你了,社会就不需要你。

在他的鞭策下,我考上了很好的学校,出国留学,毕业后在体制内找到了让人羡慕的工作。

按照世俗的标准,我很棒,很有成绩。但我深刻地体验到:即使有成就,也没办法停止焦灼。

就算养得起自己,被社会需要,甚至结了婚、买了房、生了娃,却永远都被一种弥漫性的担忧围绕着:担心下一个项目能不能顺利,担心丈夫有没有时间陪家人,担心孩子的学业问题……没完没了。

但尽管如此,我也继续着这种生活状态。毕竟变得优秀更重要,反正焦灼的情绪压抑一下就过去了。

可当我把这一切套在儿子身上时,却产生了反作用。

为了让他更加卓越,我急着给他找个好学校,逼他上各种课外班,考试不好就给他加作业，唯恐他落后，却渐渐发现了一些不对劲。

他越来越容易不安，在我面前总忍不住想讲笑话，我感觉他在试图缓解我的焦虑。三四年级时，他患上了抽动症，讲话时鼻子会忍不住抽动。我去网上查，他们说是因为精神紧张。

刚好那时我在制作一个育儿剧，看了很多教育类书籍，我意识到这些紧张很可能源自我。

这给了我极大的冲击。我本以为他可以像我小时候一样，盯一盯、催一催、逼一逼，等他优秀了，一切都会好起来，却忽视了一个事实：当我们在一代代的教育中缺乏信任而充满担忧时，他会感受到我对这个世界满满的焦虑，于是他也焦虑了。这些焦虑累积到一定程度，就会生病。

但"生病"的，岂止小孩？很多成人表面上云淡风轻，一旦真正接触，就会发现整个人焦虑得不行，不断地刷手机，不断关注各种外界的事情，就像一匹担惊受怕的马，逼着自己不断前行。

这也是我的常态。于是我开始想，这是我们想要的人生吗？为什么我们过成了这个样子？

而接下来发生的事情，让我第一次有了怀疑：过去30多年的忧虑，真的有用吗？

安乐和宽松给我带来的惊喜

当时意识到孩子都病了之后，我不改也得改了。

我告诉自己，比起优秀，孩子的心理健康更重要，并且努力说服自己放下忧虑：我的孩子又漂亮又聪明又善良，将来还能吃不上饭吗？我担心什么呢？然后真心诚意地告诉他：只要不坐牢（不触碰法律底线）、不啃老(能独立生活),将来优不优秀无所谓。

本来想着顺其自然,但神奇的是,当我不管他、不担心他之后,他反而更好了。

他现在自己选择未来的专业,掌握学习的节奏,变得开朗自信,学习成绩也提高了。这些变化,让我怀疑这么多年的焦虑也许根本无用。

中国式教育往往会说,要不是我当年对你严格和督促,你也许没有今天。但从儿子身上我看到:如果我们接受的是宽松的、信任的教育,也许我们会更优秀,至少更快乐和幸福。

这启发了我更深层的思考。

这两种教育的区别在于,我们怎么看待世界和自我。

严厉的教育,背后的逻辑是忧患意识:世界风险未卜,一不小心被淘汰;我们只是无力的棋子,只能不断前行,降低风险。

宽松的教育,背后的逻辑则是放松的:世界有迹可循,大概率的事都有规律;我们"有能为力",随性去做,怎么都不会太差。我们一直习惯用第一种逻辑去看待世界:不忧患,工作就会松懈,然后被淘汰、被裁员;不忧患,不拼命买学区房,孩子见识就会少;不忧患,孩子学习差、老公出轨,分分钟的事情。

我们依赖它来提醒我们一些世界的风险,督促自己的提升。却不知道,它其实是一个猪队友。

戳破忧患意识的谎言

忧患意识对我们的促进,其实是在帮倒忙。

表面上,我们要用它催着自己、催着下属、催着孩子,确保我们的任务能一次次完成。似乎只要不忧患,我们就没有前行的动力。但真相是:过于忧患,掩盖了我们其他的积极动力。

如果一个人不忧患,不需要为了避免被裁员而工作,而是带着兴趣努力,他会不自觉地想要钻研和学习,这样一来,工作效果反而更好。

每个人生来就有追逐优秀和成功的积极动力。但正是过多的忧患挤走了这些动力,掩盖了我们的热情、兴趣和欲望,导致我们不得不依赖它来催促自己。

可这种催促的效果,比内心动力要差很多。它总伴随着一惊一乍的外界压力,不仅打断我们的专注,还消耗我们做正事的精力,导致一种常态:间歇性鸡血,持续性心累。

许多人不上进,根本不是没有忧患,而是对这个世界充满了担忧,于是索性什么都不干,因为知道自己干不过这个危险的世界。

而即便被它逼着努力了、成功了,又如何?

很多学生考上了清华北大,却也变成了一个抑郁的空心人——不知道自己的热情所在,未来想干什么。

你也许会说,即使我不忧患,也没用啊。这个世界上,本来就存在着很多危险,打开手机,每天负面新闻那么多。

的确,在这个信息时代,世界上每一处地方发生的悲剧,都有可能被放大。

我们几代人从战争时代走来,经过经济发展的巨大变动,不安感一代代传承和加强。

但只有我们沉下来看生活,才会发现:除了小概率的意外、疾病,大部分好事、坏事都是有迹可循的。

一个人即使起点不高,但只要沉下心来钻研几年,掌握一种本领,一定会很不错,就像电影《哪吒之魔童降世》的导演饺子,以及周围每个在平凡中熠熠生辉的人。

孩子即使学习不好,但只要找到感兴趣的地方,往往还是能出成就的。尽管他上的学校没有好的人脉和视野,但等他的能力到了一定程度,外界的一切都将随之而来。

每件世俗定义的坏事,都有它到来的原因:补充我们人生未知的教训。就像在《我的前半生》里,罗子君的离婚,让她不再依赖,活得更自主。

所以真相其实是:世界有迹可循,我们"有能为力"。

基本的安全感,才是行走江湖的武器

以上这些,都是基于我对忧患意识的反省。这给了我一个很好的启示:要对世界和自我有一个基本安全感。

当然这份安全,源自稳稳的信任:相信社会基本安全,有固定的运转规律;相信自己和孩子,有基本的应对能力。

我发现自己这些年,逃离体制,独立创业,虽然辛苦,但一直都是往上走,并且带着这份兴趣和热爱,越走越开阔。比起在体制里忧虑,要好太多了。

因为我现在能感受到这个世界足够安全,能享受一切的经历和进步,所以无论走到哪里,无论经历什么暂时的失败,我都不会失去那份笃定的自信和安定。这份安全感也将送给我们一个很好的礼物:基本稳定的内心状态。

它会给我们的生活带来巨大的变化。

首先,我们懂得如何更健康地享受成功。

明白"世界的大部分事情有迹可循"这个真相,能帮我们摆脱忧患的挟持,感受到自己的动力,并且充分发挥自己的力量。

一个员工不必困在"996"的世界里担心被淘汰,他会看到自己更多的可能性,安下心来慢慢成就一身本领,即使公司倒闭也能找到工作。

一个妻子不必困在被出轨的担忧里,她会开心地创造生活,充满魅力,更能获得老公和孩子的喜欢。

总而言之,越不忧患,就越有能力和精力去创造美好,顺便避开担心的事情。

其次,即使短暂的失意,也不会过于忧患。

因为你知道,大部分好的、坏的事情发生,都是有原因的。坏事会给你带来很多启示,填补你尚未实现的成长。

一段失败的事业,能反映出一些决策、市场趋势,甚至人格上的问题,让我们更能看清局势和自己的位置;一段失败的婚姻,暴露出一些关系模式、原生家庭等问题,让我们不断探索,更加自由地过下半生。

而我如果没有这段育儿的失败,没有把儿子折腾"病"了,也无法悟到这些真理,更无法让我和家人都平和喜乐地向前一步步慢慢走。

意识到我们能把坏事变成启示之后,我们对坏事也多了一些接纳,对低谷也不会那么恐惧。因为你知道,这些都是自己生命的必经之路,在痛苦中好好向前走,越走越开阔就好。

最后,你的内心平和而有力量。

你会感恩一切发生的事情,无论好坏,于是你的内心会很平稳,失眠的概率会很低。而当内心平和,没有多余的消耗之后,你也会有丰富的储能可以支撑着你一步步前进。

人生本来就是一场马拉松。内在的力量,永远比外界的担忧更持久。

所以,我很感恩这次经历,让我不用带着对人生的忧虑,去恐吓孩子,逼他优秀。

如果能重来,我希望从他出生开始,就信任他的力量,并告诉他世界没有那么可怕,我们也并非那么无力。让他安心地长成一棵扎根的大树,有力量抵挡生命中的风风雨雨,偶尔折腰挂彩,也会有下一次挺起身板面向阳光的时刻。

因为我知道,对任何一个生命而言:忧患是无谓的阻抗,而安乐才是一种实在的、长久的祝福。

生命不是向着死亡走去的过程,而是迎着爱的光芒融化的过程。

——《我是独特的存在》

我开始憧憬我的未来，渴望我也可以成为一个人格独立、自由表达思想的人。
——《找到我自己》

情感独立意味着：人生不在外部世界求幸福，而是在内心深处学会接纳，并付出爱。
——《我们怎么走到了〈我的前半生〉》

我们的人生原本也没有什么绝对的幸福公式,只有越来越明确价值取向的、内心越来越强大的你自己。

——《女强人不用说对不起》

对自己喜欢的事情,我们做加法;对不喜欢的事情,我们做减法。
——《对让自己快乐的决定负责,我累但是我愿意》

我的独立，从澄清了婚姻的误会开始。
　　　　　　——《我和婚姻有个误会》

快乐无罪,压抑才有罪。
——《男人出轨回家,你还开门吗?》

爱情钟爱勇敢的心。
　　——《人到中年，凭什么谈恋爱？》

> 无论我们喜欢霸道总裁还是小奶狗,都要问问自己,他们凭什么喜欢我们。这是我们走出幻想的第一步。
> ——《霸道总裁还是小奶狗,女人怎么选》

爱和控制的差别在于,两者的初心不同:爱,是光,是热,是付出和奉献;控制,是恐惧,是强权,是贪婪和索取。

——《爱是不安的小朋友》

拒绝,其实是明确自我边界和他人边界的过程。

——《学会拒绝有多难》

孩子需要我们对这个世界的信心和爱。
——《考试只是一时的考验,学习才是一生的事业》

放弃执念,换位思考,深层同理,其实是拓宽我们生命容积的过程。
——《拓宽自己的过程,是宽容的力量》

感谢我的四十岁，我觉得我比过去哪天都活得更从容、更勇敢。
　　——《在四十不惑的年纪，既不勉强自己，也不控制他人》

我们克制着我们所有合理的愿望。我们压抑着很多应该被看见的情绪。我们依靠忍耐和将就，过了一生又一生。
——《断舍离：我找到了我要的贤惠》

倘若我们不是真心实意地认为，活着是一件幸福快乐的事情，就不要再连累孩子们来消我们今生不如意的气了。

——《女人应该先爱这个世界，再去创造一个生命》

你要活在你当下的感受里,不要活在别人的规则里。
——《这是我要的生活》

永远在变化,才是唯一不变的规律。
——《2020年柔软的愿望》

乐观和勇气往往是健康的前提,所以健康的生命说到底是属于勇敢自主的自己的。
——《我们焦虑的仅仅是丧失健康吗?》

人生本来就是一场马拉松。内在的力量,永远比外界的担忧更持久。
　　——《这个时代最稀缺的底气,叫"稳"》